【环保中国·自然生态美文馆】

从乐园飞往乐园

主编◉马国兴　吕双喜

郑州大学出版社

图书在版编目(CIP)数据

从乐园飞往乐园/马国兴,吕双喜主编.—郑州:
郑州大学出版社,2015.6(2023.3重印)
（环保中国·自然生态美文馆）
ISBN 978-7-5645-2286-5

Ⅰ.①从… Ⅱ.①马…②吕… Ⅲ.①小小说-小说
集-中国-当代 Ⅳ.①I247.8

中国版本图书馆 CIP 数据核字（2015）第 097880 号

郑州大学出版社出版发行
郑州市大学路 40 号   邮政编码:450052
出版人:孙保营   发行部电话:0371-66658405
全国新华书店经销
三河市鑫鑫科达彩色印刷包装有限公司印制
开本:710 mm×1 010 mm   1/16
印张:13
字数:194 千字
版次:2015 年 6 月第 1 版   印次:2023 年 3 月第 2 次印刷

书号:ISBN 978-7-5645-2286-5   定价:42.00 元
本书如有印装质量问题,请向本社调换

"环保中国·自然生态美文馆"

总 策 划 、总 主 审

杨 晓 敏　骆 玉 安

编委名单

序

在当下的文学大家族里，一些具有良好文学潜质的小小说作家，在经过多年的创作实践后，不仅在掌握小小说文体的艺术规律上愈加稔熟，能在字数限定、结构特征和审美态势上整体把握到位，而且在创作上有意识地思考，即在选择题材、塑造人物和表现形式上，也彰显出个性化的自觉追求。

比如，小小说作家在自然生态题材领域的探索，就为这个新兴文体的良性生长注入了鲜活的元素。

作家首先是一个人、一个公民，不能丧失人类良知和社会使命感。同理，作家首先是自然的一分子、自然的儿女，不能丧失生态良知和自然使命感。在愈演愈烈的生态灾难危及整个自然、整个人类之存在的时期，众多的小小说作家，以自己艺术化的作品，直面不断恶化的生态现实，反思人类陈旧的思想观念，赢得了读者的尊重与喜爱。

《环保中国·自然生态美文馆》丛书，集中展现了小小说作家以独特的艺术形式，探讨具有普适性的自然生态思想问题。

蔡楠的《行走在岸上的鱼》，传导多层面的文化信息，以诡异的题旨、唯美的笔调、梦幻一般的结构、强烈的批判意味，不动声色地解构现代文明在提升人们生存质量的同时，囿于人类无节制的欲望，正在把难以负重的大自然，一步步挤压得窘迫无奈，连鱼儿也出水逃逸。在作者眼里，什么都是可以变异的。所谓文明也是一柄双刃剑。人既可以用自己的聪明才智，创造出征服自然的硕果，当然也可以滋生为一种贪婪无度，来吞噬掉人类与大自然和谐相处的生态家园。

申平的《绝壁上的青羊》，注重象征手法的使用和宏大主题的有效表达。作者写一个农民为给儿子治病，不惜铤而走险到绝壁上去猎杀青羊。青羊本身就非常弱小，被人类和猛兽逼上绝壁；而农民同样作为弱势群体，因为看不起病而被逼上绝壁打猎。这两个弱势代表在绝壁上相遇,最后农民发现青羊怀孕而不忍心杀害它。农民最后挂在绝壁上,远远望去就像是一只青羊。这种象征意义远远超出了作品的主题本身,形成了一种非常形象而强大的冲击力。

非鱼的《荒》,结构奇崛,题旨宏大,语言叙述张弛有致。作者把政治、社会、人生、环境等重要元素糅合在一起,反诘着振聋发聩的古老命题。一种精神上的空虚几近令人崩溃,无处可遁。在不到两千字的篇幅里,作者以犀利的笔锋,剖开社会生活的截面,以清晰可鉴的年轮印痕,折射出人类进化史的缩影,也是小小说"微言大义"在主题指向上的鲜明体现。

安石榴的《大鱼》,立意高远,结构精当,叙述从容,留白余响。人类的文明进步和大自然的原始形态能否和谐相处,一直是一组被反复拷问的矛盾。人应该靠自律和品行的升华,才能为这个世界乃至自身带来福音。不仅仅是"打死也不说",而且是"打死也不做"。作品的叙述不疾不徐,流淌诗意,故事情节虽呈跳跃性,表述起来却十分工稳内敛,环境、人物、气氛与题旨恰如其分地糅合在一起。

袁省梅的《槐抱柳》,以诗意的语言、不断变换的视角,描写了一位与恶劣环境抗争的老人。作者笔下倾注了全部温情,把忧心和倔强、淳朴和狡黠表现得淋漓尽致,艺术地展现了生活的真实性和人物的典型性。这里,人与自然之间相互关照的理想主义思绪在鼓荡,成为一种诉求。人如此,树如此,一个村庄如此,一个民族巍然亦是如此。于是老人与树融为一体成为一种寓意、一种象征。

此外,孙春平的《老人与狼》、陈毓的《假若树能走开》、刘建超的《流泪的水》、刘国芳的《但闻人语响》、夏阳的《好大一棵树》、曾平的《村子》、何晓的《一个人的古树名木》,等等,这些代表性作家和优秀作品所折射出来的才华,以及对社会、人生、文学的深层理解,即使和从事别样体裁写作的同行比较,也不逊其后。

阅读这些以美感丛生的语言质地表达出复杂含义的佳作,不由得让人产生深层思考:

人类自鸿蒙初开,一路走来,整天把"征服自然,改造自然"的口号作为自己骄傲的旗帜,而今数千年过去,人类社会似乎是愈加趋于高度文明了,可扪心自问,由于携带着人性的丑恶和私欲,我们在栽种绿树鲜花之时,还注入了多少蒺藜的种子使我们自吞苦果?

农药使田野的鸟儿濒临绝迹,污染的江河不再清澈,一个巴掌大的山塬桃林,竟能成为方圆百里的风景名胜。在几乎是钢筋水泥构成的环境里,人类还能为孩子们谱写鲜活的童话吗?

在急功近利地提升物质生存指标时,如果不铲除贪婪、掠夺和占有的毒瘤,社会生活必然滋生浮躁、罪恶和恐惧,人类自己的灵魂将在哪一片净土上栖息?

显然,只有推行环境保护和修复心灵的工程,天、地、人才能和谐相处,世界才不至于畸形和扭曲。每一个人都是自然生态的接口,自身的积极努力必会促使自然生态的提升,谁也不要看轻了自己。

是为序。

杨晓敏

2015 年 1 月

目 录

冬季 ⋯⋯⋯⋯⋯⋯⋯⋯⋯⋯⋯⋯⋯⋯⋯ 杨晓敏 001

清水塘祭 ⋯⋯⋯⋯⋯⋯⋯⋯⋯⋯⋯⋯ 杨晓敏 004

围狼 ⋯⋯⋯⋯⋯⋯⋯⋯⋯⋯⋯⋯⋯⋯⋯ 申 平 019

狼财 ⋯⋯⋯⋯⋯⋯⋯⋯⋯⋯⋯⋯⋯⋯⋯ 申 平 022

人威 ⋯⋯⋯⋯⋯⋯⋯⋯⋯⋯⋯⋯⋯⋯⋯ 申 平 025

缝山针 ⋯⋯⋯⋯⋯⋯⋯⋯⋯⋯⋯⋯⋯ 非 鱼 028

荒 ⋯⋯⋯⋯⋯⋯⋯⋯⋯⋯⋯⋯⋯⋯⋯⋯ 非 鱼 031

水库边的芍药花 ⋯⋯⋯⋯⋯⋯⋯ 非 鱼 034

会跳舞的大花蛇 ⋯⋯⋯⋯⋯⋯⋯ 钟法权 037

那片湿地 ⋯⋯⋯⋯⋯⋯⋯⋯⋯⋯⋯⋯ 钟法权 039

岩羊 ⋯⋯⋯⋯⋯⋯⋯⋯⋯⋯⋯⋯⋯⋯⋯ 钟法权 041

蝴蝶哭了 ⋯⋯⋯⋯⋯⋯⋯⋯⋯⋯⋯⋯ 非花非雾 044

少女与狼 ⋯⋯⋯⋯⋯⋯⋯⋯⋯⋯⋯⋯ 侯发山 047

猎人和野狼 ⋯⋯⋯⋯⋯⋯⋯⋯⋯⋯ 侯发山 050

小河水清清 ⋯⋯⋯⋯⋯⋯⋯⋯⋯⋯ 孟宪歧 053

傻子的村庄 ⋯⋯⋯⋯⋯⋯⋯⋯⋯⋯ 孟宪歧 057

根雕王 ⋯⋯⋯⋯⋯⋯⋯⋯⋯⋯⋯⋯⋯ 邵孤城 061

车站鹰雕 ⋯⋯⋯⋯⋯⋯⋯⋯⋯⋯⋯⋯ 谢友鄞 063

1

复仇的牙齿　　　　　　　　　　许　行　066

墙壁上的微笑　　　　　　　　　张玉玲　068

去看一朵雪花　　　　　　　　　张玉玲　071

向往一千年后　　　　　　　　　张玉玲　074

从乐园飞往乐园　　　　　　　　蔡　楠　077

王蘑菇种树　　　　　　　　　　蔡　楠　079

老狐　　　　　　　　　　　　　刘立勤　082

老狼　　　　　　　　　　　　　刘立勤　085

海狼　　　　　　　　　　　　　相裕亭　088

死结　　　　　　　　　　　　　相裕亭　091

草龟的灵魂　　　　　　　　　　杨小凡　094

改造我们的器官　　　　　　　　朱　宏　097

猎鹿绝技　　　　　　　　　　　余显斌　100

骆驼泪　　　　　　　　　　　　吴旭涛　103

干娘树　　　　　　　　　　　　杨汉光　106

两只狍子　　　　　　　　　　　徐建英　109

父亲和他的猎狗　　　　　　　　徐建英　112

教训　　　　　　　　　　　　　韦延才　115

红狐狸　　　　　　　　　　　　王彦双　118

亲爱的羊　　　　　　　　　　　陈力娇　121

胜利　　　　　　　　　　　　　陈力娇　124

盲鳗的盛宴　　　　　　　　　　荒　城　127

死亡的姿势　　　　　　　　　　荒　城　130

乡间稻草人　　　　　　　　　　刘会然　134

龙过河　　　　　　　　　　　　唐丽妮　136

鹰的故事 .... 凌鼎年 139

河鱼 .... 乔 迁 142

古松之死 .... 朱红娜 145

一山丹桂 .... 龙会吟 149

麦粒金黄 .... 刘怀远 152

白鸟之死 .... 孙玉亮 156

你看你看这蜂鸟 .... 戴 希 159

一只鸭的飞翔 .... 田洪波 161

大眼 .... 王贺明 164

谁家的清潭 .... 文 立 167

逃进河里的鱼 .... 张雪芳 170

捕鱼 .... 张 哲 173

对不住那家狼 .... 李文海 176

森林历险记 .... 毛毛虫 179

爬树的狮子 .... 毛毛虫 182

野犬求死 .... 毛毛虫 185

逃离狮群 .... 毛毛虫 188

鬣狗寻家 .... 张爱国 191

复仇的母象 .... 张爱国 194

冬 季

杨晓敏 ·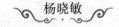

你围在牛粪火旁,百无聊赖的样子。分配到西藏最偏远、海拔最高的哨卡,你难免怨天尤人,愁肠百结。白天兵看兵,夜晚数星星,这个叫"雪域孤岛"的地方,毫无生气可言,一簇簇疏落的草茎枯黄粗硬,辐射强烈紫外线的太阳朝升暮落,点缀着难挨的岁月。

你的思绪只是一条倒流的小河,两个月前的军校生活,让你濯足在倒映着鸟语花香的碧波里流连忘返。你不愿想象未来,面对现实你无法跨越心理上的障碍,编织出彩色的梦幻。就像被哨卡周围林立的皑皑雪峰困住一样,你无法拔着自己的头发超越过去。

你懒洋洋地直起腰,被一阵阵吆喝声召唤出来。

士兵们在雪野里奔跑着,一派散兵游勇状。人群中间,跳跃着一头小兽,连续几天落雪,这只在哨卡周围时隐时现的红狐狸,终于耐不住饥寒,钻出来觅食了。哨兵一声呐喊,大伙儿出动了,偌大的雪野成为弱肉强食的战场……

你看见狐狸在一名士兵的怀中剧烈喘息着,肚腹起伏得厉害。大伙儿头上笼罩一团哈气,喊叫着围拢上来,露出胜利者的骄矜。

当时的直觉告诉你,它简直不是一头小兽,该是美的精灵呢!它的眼睛是幽怨的,蠕动的姿态是娇嗔的。红艳艳的毛皮多亮多柔软啊,仿佛一团火

焰正在燃烧……

士兵们击鼓传花般传递着狐狸。

"郎格搞的？一挨它，手上的冻疮就消肿了。"

"我说川娃儿，别吹壳子啦，它可不是你整天装在衣袋里的那个细妹，有恁乖？"

刚从哨塔上跑来的是个新兵，脸早冻得裂开了花，嘴唇的血渍使他不敢大声说话。他把狐狸贴在脸颊上，贪婪地抚摩一会儿，说："都说狐狸臊，我怎么会闻到甜丝丝的味道？"

你平静地望着这一切，多少觉得有点无聊，面部的肌肉不时抽搐几下，从心里对他们说，这大概是自我心理平衡在发挥作用，冬季太可怕了。

不知何时，士兵们不作声了，只把目光齐刷刷地盯向你。那意思再令人明白不过地表达出来——杀掉狐狸，做条围巾什么的，让站岗的哨兵轮流戴它，或许对漫长而凛冽的冬季是一种有效的抗御。

四川兵从身上摸出一把刀，犹豫着递过来。

你看看刀，看看狐狸，脑海变幻出和氏璧、维纳斯以及军校池塘里那只受伤的白天鹅之类的东西。当你充分意识到这种思维的不和谐不现实甚至离题太远时，你在短暂的沉默中，唤起了自己姗姗来迟的恻隐之心。

四川兵手中的刀捏不住了，落地时众人的目光倏地变得复杂。有人"哼"了一声，用脚把雪花踢得迷迷蒙蒙——对你这个哨卡最高长官的犹豫不决和不解人意，表示出极大的蔑视和不信任。

你的腮帮子鼓胀几下，吞咽一口唾液，弯腰从雪窝里抠出那把刀。你再一次抬起头来，大家依然无动于衷。你只好试试刀锋，左手抓过狐狸，把它构造精美的头颅向上一扳，用嘴吹开它脖颈上飘逸的柔毛，右手缓慢而沉稳地举起刀……

狐狸本能地痉挛起来，恐惧中闭上那美丽绝伦的双眼，悠长地哀鸣一声，悲戚之至。

士兵们似乎被当头浇下一盆冷水，瞬间清醒了，几乎同一时刻，全扑了上来，七八双粗糙的大手伸出来："别……"

时间凝固了。脸上裂花的新兵，"扑通"一下跪在雪地上，抱住你的腿呜咽着说："哨长，还是放走它吧，有它来这儿和我们做伴，哨卡不是少些寂寞、单调、枯燥，多些色彩吗？我……我情愿每晚多站一班岗，也不要狐狸围脖……"

你的思绪变得明晰，沉重地呼出一口浊气，爱怜地抚摩几下新兵的头，心里说，你也教育了我。尔后大吼："起来！"手一甩，刀"嗖"地飞出老远。

狐狸蜷曲雪地，试探着抖抖身子，小心翼翼地在士兵们中间逡巡起来，待大伙儿让开一条路，便腾跃着向雪野掠去。士兵们目送一团滚动的红色火焰，没入辽远。

你强烈感受到，自己的灵魂涅槃过后，从此和哨卡结下不解之缘了。

清水塘桨

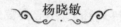

杨晓敏

弯弯的绿界

我的故乡在豫北的获嘉、新乡和原阳三县的交界处,应属平原中的平原了。我从 20 世纪 70 年代中期入伍离开故乡,至今已二十年了。故乡可爱,故土可亲,真正令我梦牵魂绕的,该是那一环像青萝带一样,镶在故乡裙边的一湾清水塘了。

不知从何年何月开始,乡人为保护村子的安全,由人力挖掘成"寨壕"。浅则一米,深则二三米,宽十米左右。兵荒马乱的年代,如遇到土匪抢劫或其他险情,呼啦地吊起寨门。这种简易而实用的防范措施,宛如护城河一般。我记事时早没了寨门,路口处的水塘由涵洞相通,水多了任它从路面上漫过去。整个村子的地形南高北低,偶尔大雨滂沱,满塘儿乃至满街里水波漾动,向北边蜿蜒流去。这时候塘里的鱼儿、泥鳅和蝌蚪们钻进来,逆水而行,在浅浅细流里穿梭,处处可见。我和我的伙伴们光着脚丫子,踩着飞溅的水花儿,追逐那些活泼可爱的小精灵,别有一番情趣。

清水塘常年不枯,绿水涟涟,水量随季节发生变化。塘两边有水柳、苦楝、刺槐和茅草,仿佛小小的防风林。20 世纪 60 年代,我度过了四岁至十四岁的少年时代。混沌初开，尽管周遭世界曾经几度沧桑，饱经忧患，我仍能够在宽厚得能包容一切的故乡里，在父老乡亲的庇护下，睁着亮晶晶的眼睛，把欢乐和幸福、思索和憧憬，播植在人生启蒙的旅途上。

有清清的一泓水塘作证。

满塘儿蓬勃茂盛的芦苇、蒲条，一溜儿过去，构成景色宜人的风景区。还有一种节生的水草，我至今也不太叫得上名字。它稀疏错落地点缀其中，每节犹如长长的小葫芦，泛着粉红的颜色，风摆杨柳似的扭动美人腰。田田的荷叶，层次分明，遮住水面上的杂草和苔藓。时有顽皮的鱼儿，炸起一簇脆响，跃上紧贴水面的荷叶儿，闪一团白光，又匆忙蹦入水中，漾起一串串水旋儿，影儿没入草底。浓荫下，塘边儿，满目青翠。树上鸟儿啼啭，水中鱼儿跳跃，该是人类寻觅的天籁了吧。

许多年后，我才从一本书上，读到这样一个故事：

一个阔佬问渔人："你怎么把钓竿插在塘边，悠闲地睡大觉呢？"渔人回答："不可以这样吗？"阔佬说："你应该不停地钓鱼，多挣钱。"渔人说："多挣钱干什么呢？"阔佬说："你有钱了，可以像我这样享受生活呀。"渔人问："睡觉和散步，你觉得哪样更闲适呢？"阔佬无奈，只好回答说："当然，睡觉的确是美好的。"渔人说："你说得对，我已经像你说的那样做啦，你不觉得是吗？"阔佬无语。

假若我们排除渔人思想中的懒惰因素，如果能够随意地度过一个轻松、恬淡的人生，不也是一种理想的境界吗？许多年过去了，也许是我经历过太多的坎坷和奔波，觉得太疲倦的缘故，每每总想起故乡的清水塘。现代人的物质生活，令人眼花缭乱地变化着，人的欲望还有什么不能满足呢？你还希望拥有什么呢？试问，你能拥有一片属于自己的静谧的氛围吗？每当我回忆起童年的欢乐时光，梦里都要陶醉几回。

尤其雨后新晴，一时塘满为患，水漫金山似的，荷叶儿面临灭顶之灾，那副摇摇欲坠的模样，让人陡起无穷怜意。待水势骤下，满塘儿又沐浴一新，景色依旧。盆儿大小的荷叶上，托起蓄积的些许雨水，折射出粲然的光彩。

一阵风掠过,荷冠倾斜,积水次第抖动滑出,满塘的击水声,随风远逝,哗啦哗啦地倾入水中。我猜想,大珠小珠落玉盘的诗句,必是由此景吟成。

十岁大小的童稚,自然是少年不识愁滋味,塘边儿流连忘返,无形中被一种诱惑导引着。一条大鱼的穿梭,一只青蛙的跃入,一条水蛇的薷现,你喊不出声来却按捺不住突突的心跳,独自沿着杂草丛生的塘边儿溜达,平添了几多探险的勇气。

夏日的诱惑

春暖花开时,故乡的清水塘里,一夜之间,变戏法儿似的会冒出青黄的莲角、芦尖和蒲条来。乍出水时仿佛一派刀枪剑戟,尔后一天天舒展出各自的独特模样。水鸟栖身,蜻蜓迷恋,塘边的草丛中蚱蜢蹦跳,清水塘又开始展示自己的魅力了。

由于先辈家境贫寒,父母均不识字,让我五岁入学,自有其良苦用心。如遇星期天节假日,下地挣工分吧,生产队嫌小,父母亦不忍心,家务又轮不到我做。去塘边儿玩耍,成为第一选择。塘边儿有牛犊儿羊羔儿啃草,时而把蹄子踏入浅水里,探头去咬鲜嫩的芦尖。我玩累了,会把书包枕在头下,仰卧在草坡上,一只腿曲蜷在另一只腿上,口里咀嚼一枚小草棒,让白云托起一环环天真的彩色梦幻,荡得远些再远些。回家路上,拧一管柳笛,哇哇地吹奏唢呐般的曲调;切一片芦叶,模仿啾啾的鸟音;顶一张荷叶,挖两个眼洞蒙在头上。谁说我不是天下最惬意的少年呢!

炎炎的夏日,清水塘无时无刻不荡漾在故乡人的心田。我们那儿把午间休息叫"歇晌",不安分的青壮们,吆一声:"咱们去蹚藕吧。"即刻会呼啦起一群,"扑通扑通"地下塘了。在水中既可避暑,又可调剂生活节奏,何乐而不为呢? 一般都从淤泥松软的地方下水。蹚藕人一手扪着一茎莲藕,用一只脚丫尖儿凭感觉向污泥里搜寻,脚脑并用,着实有一种令人心旷神怡、奇妙无比的况味。塘边儿观者一溜儿助阵。满塘的蹚藕人,像鱼漂似的在水中耸动,漾起的一圈圈涟漪相撞。在蹚藕过程中,每个人从面部表达出来的怪姿态,天然一幅滑稽图。一会儿有人捏着鼻子没入泥水里,咕嘟嘟冒一串气泡。出水时猛甩一头泥浆,抹一把面颊,手中便舞动一挂雪白的藕节来。"嘿!接住!"藕节飞向岸上,引来一阵忙乱、一片啧啧的赞叹。不会蹚的,尽是小藕和断节,得到的是嘘嘘的嘲弄。

大概是七八岁的那年,我第一次下水塘里蹚藕,非但一无所获,还引起一场虚惊。因为蹚藕是一项挺讲究技巧的劳动,脚爪子要不停地在淤泥中小步移动,才能成功。倘若不小心把莲茎踩断了,脚下便失去依据;如果中途换脚,又不容易找到位置,只好宣告报废,另觅新穴了。踩得不到位,速度太慢,则成效甚微。我初入此道,竟连连告败。更为糟糕的是,我的腿肚子上被带刺的莲茎挂破了,隐隐渗出血丝来。我沉浸在初次蹚藕的亢奋、欢愉中,有点忘乎所以了。后来觉得腿肚子痒痒的,伸手在水里摸了一把,感觉滑腻腻的,内心一阵恐惧。顾不上已蹚到的藕节,匆忙到塘边一瞧,禁不住哇一声哭了。腿肚上的伤口处,紧贴着一条雄赳赳的大蚂蟥。我一把没捏下来,眼见得它已钻入肉中一大半了。大人常讲,大蚂蟥能顺着血管,钻到人的身体里生存,慢慢地把人的血吸干。这是多么可怕的后果,人还能活吗?大人说唯一的办法是,一旦发现它尚未完全钻进肉里,便抡圆鞋底狠命打它。人要咬牙忍住痛苦,直到把它揍得自行退出来。我嘤嘤地抽泣着,抓起鞋子便抡了上去。

这时候,一直蹲在塘边凑热闹似的看我蹚藕的邻居爷爷趸过来,扬手挡住我的胳膊。他慈祥地用烟锅敲了一下我的头,讥笑道:"傻瓜蛋,恁笨!"他按我坐下,折一草棒从烟锅里剜出一团污黑的烟油,三两下涂抹在蚂蟥身上。只一瞬间,奇迹发生了,正拼命吸吮血液向肉里钻动的蚂蟥开始痉挛,缩卷着身子从我腿上掉落,继而失去知觉不再蠕动了。

爷爷望着我怯怯的、疑惑的眼睛,告诉我说:"蚂蟥吸血,但钻不到人身体里。用鞋底打,是大人怕孩子下塘玩水,弄出事来,编出来吓唬人的。现在懂了吧,我可是再也哄不住你了。"

从此，我不再惧怕蚂蟥，对大人们说的话，也时不时在脑海中打个大大的问号。

苦乐年华

我家的南边，有一片不太规则的南窑塘，约有五六十亩大小。不知从什么年代起，村里在此处建窑烧砖，就地挖土，逐渐掘成一大块可观的低洼地。雨水日积月累，形成全村最大的清水塘。即使在干旱的冬季，塘边儿水位骤降，南窑塘的西南角，仍有一带深水域，凝结着一层薄薄的冰片儿。南窑塘名扬乡里。

南窑塘给故乡带来的欢乐，绝不仅仅限于夏季。它犹如一个聚宝盆，对钟情于劳作的人来说，清水塘会毫不吝啬地奉献出它的宝藏。秋末冬初，落叶萧萧，在一派朔风肃杀中，荷叶儿残败凋零，芦花儿被风吹散，蒲条儿东歪西倒，水鸟也迁徙。随着农闲的到来，塘边儿陆续多了挖藕人。

在泥塘里挖藕，本是一道讲究的工艺，懒汉永远不会精于此道。关键在于，掏了力气，能否有所收获，这也是对自己判断力和灵性的一种验证。冬季的塘边儿早已是一片狼藉，莲茎看不见，下铁锹时往往没有目标可鉴。有时挖了半天，累得通身是汗，依然寻觅不得一星半点的藕边儿。泥塘里的芦根、杂草等，硬拉软扯，像搅拌在混凝土里的钢丝一样，使铁锹不能灵活自如。连换几个地方，弄得泥浆沾身，只得哀叹运气不佳，苦笑作罢。所以，明知塘有藕，不愿下泥池的大有人在。

我的五伯父则不然。他骨瘦如茎，颀长的身子略佝偻些。在塘边儿走动时，他喜欢把铁锹横在身后，用两只胳膊弯紧，那姿势显得很潇洒。当那双微眯的小眼睛睁开时，亮幽幽的，精气神很足。溜着溜着待他把铁锹向下一插，莲藕似乎就聚集在箩筐大的泥坑中了。哪怕是别人挖剩的闲坑，五伯也能挖出大藕来。我常去看五伯挖藕，以为那是一种享受，高明的魔术师，也不过有此本领，何况五伯是真功夫。他横背着铁锹在前面走，我提着小箩筐,在后面晃悠悠地向塘边儿去,无异于师徒俩。五伯虽然不爱指点,久了,我也看出些挖藕的诀窍。五伯挖藕非常注意寻找所谓"藕窝"。坑里只有一二挂藕,或者藕太小,费劲而划不来。讲究站位,两脚绝不能乱晃动,否则泥浆四溢,随挖随淤,老挖不成一个完整的"坑"。锹锹下去,都要利索,不能拖泥带水,不能太零碎。见了藕最忌轻易下手动它,一则易弄断,二则手上沾泥,无法抓锹。

无论多么复杂的藕层,五伯差不多都不用手刨,而用锹一条条剔拨出来。我曾学到一招半式,虽不算真传,也足够旁人羡慕了。

一年初冬,连刮几天干风,有一片凸起的塘面露底了。我大约十岁出头吧,还是有些力气的。也算是第一次踏入距塘边儿稍远的纵深处挖藕。那天如有神助,往日的疲倦感一扫而光。我像五伯那样,审时度势般地选好角度,抖动了铁锹。这是一片尚未开发过的处女地,泥浆下呈沙质状,锹头无遮无拦。我在泥塘中,硬铲出一条通道,惊讶地发现藕层居然会排列得那么协调完美。一挂挂赤裸裸的莲藕被我揪出示众了。塘边儿逐渐增多的观众喝起彩来,我的情绪沸腾到极点。多少年了,我仍能清晰地回忆起那个富有创意的下午。塘边的汉子们眼热,忍不住也下塘了。令人不可思议的是,在那一大片泥塘中,谁也没有再挖到规律排列的"藕窝"。直到父亲收工归来,在塘边呼喊我回家吃饭时,我才感到饥饿和疲惫。

堆成小山似的莲藕,有六七十斤重。要知道,那时一斤萝卜才卖两分钱,像这样上好的莲藕,拉到四十里开外的新乡菜市场,一斤可卖三角钱。半天时间,我的劳动价值为二十元,比我父亲在田里辛苦一个月挣得还多!对于穷人家来说,这预算简直是个辉煌的天文数字。晚饭后,母亲细心地用针挑开我满手的血泡,抚摸着我稚嫩的肩膀,泪流双颊。

掌灯时分,来了几位新乡的知青,缠着父亲说:"队长大叔,这藕让我们几个过节带回家吧,怎么样? 每斤算一角钱,年终分红扣除。"父亲的喉结滚动几下,硬生生把拒绝的话咽了回去,挥了挥手说:"拿去吧,塘里还有,我再让洲儿去挖。"知青走后,母亲几乎把父亲吵得无地自容。一会儿,从未对我

怜爱过的父亲，竟给我掖了掖被子，用关切的语调说："累吧？明早让你妈给你煮个鸡蛋吃。"这是我少年时期得到的最高奖赏了。

哦，故乡的清水塘，你还记得我儿时的几丝苦涩吗？

鱼趣和名著

20 世纪 60 年代里，故乡的生活的确清苦。在我童年的记忆里，人们远没有现代人的嘴馋，难道今天是在偿还以前的腹债吗？那时候逢年过节，不过割三两斤肉罢了，平时决不至于奢侈到沾惹荤腥的。记得年三十晚上，我连肉馅水饺都不愿吃，嫌嚼不烂塞牙缝。要么，满塘儿鱼肥藕嫩，为什么很少有人光顾呢？其实，事实给人以错觉。钓鱼是需要耐性和时间的。俗话说："性子急，不要看钓鱼。"看钓尚且如此，钓者费时费工则可想而知了。生产队要早出晚归，偌大的故乡，会有几多闲人？那毕竟是个生产能力低下、人们疲于奔命的年代。那个年代人口失控，一溜儿儿女嗷嗷待哺，心岂能静焉，谁会把心思注入天天擦身而过的清水塘呢？

我之所以能蹲在塘边儿钓鱼，多沾光于父母太宠爱的缘故。另外，我五岁入学，读书入迷。父母大字不识一个，自然望子成龙，唯愿儿女们学有所成，以弥补自己的缺憾。尤其是父亲，听说塘边儿安静，读书能读到心里，虽想撵我到田间干活，挣三五个工分，以减轻生活重负，但看到我背着书包出去，明知我会转眼抄起钓竿，还是睁一只眼闭一只眼了。

时至今日，每当我看到插有渔场招牌的池塘边，钓者气宇轩昂地亮出太昂贵、太考究的渔具，呼呼啦啦地向外扯鱼，我丝毫不产生艳羡的感觉，倒生出腹诽来：是在炫耀你的渔具呢，还是寻求那份闲情逸致呢？在养鱼池里垂钓，能增添几多乐趣？那时候我和我的为数不多的钓友，随便伸一条竹竿，在事先拨开杂草的"钓窝儿"，悠然自得地抛丝入水了。钓竿在手，杂念皆无，人和鱼较劲，该算是一场公平的智力游戏。

人把思维潜入水中，鱼把狡黠跃出水面。饵脱鱼溜，是人的失败；而饵鱼俱获,岂不是鱼的悲哀? 鱼漂怎样颤是大鱼咬钩,怎样摆是小鱼骚扰,什么时候起竿,都是颇有讲究的。这门学问可谓博大精深、亘古迷人,令帝王将相乃至山野草民,无不为之倾倒。吃鱼毕竟在其次了。兼之家里穷,炒菜是用油滴来计算的,钓来几条鱼,岂敢炸了吃? 几乎是白水煮成汤罢了。有时我钓的鱼多了,父亲将鱼倒入门前的井里,戏谑地招呼大伙儿,一齐喝鱼汤吧。

钓鱼归钓鱼,书还是要念的。我之所以能在清水塘边儿,读完了诸多文学名著,说起来也是幸事。20世纪60年代后期,书烧得差不多了。我有个远房长辈,在20世纪50年代当过县文教科长,满腹经纶,饱读诗书,"反右"时被打成"右派"入监。他儿子比我年长两岁,和我光腚儿长大。或许是我读书的精神感动了他,他终于偷出藏在阁楼上的精装《水浒传》。

我如获至宝,百读不厌。常为出没于水泊梁山的豪杰们的英雄行为击掌叹息,暗想天下怎么会有人写出这般好的文章。转念想到,我所拥有的清水塘,虽不及八百里水泊的万千之一,可也芦荻萧萧,荷叶蔽日,一派郁郁葱葱,不失恢宏气象,这样我也就得到一丝满足。

我的伙伴陆续为我偷出《三国演义》《封神榜》《三侠五义》等。还有一部《白居易诗选》,它几乎让我成为一名诗人。因为在20世纪80年代初的岁月里,我还是被复苏的文学诱惑了,舞文弄墨,出了部诗集。究其渊源,算是塘边儿梦的延续吧。他为我偷书,也有交换条件,就是晚上到他家做伴。他父亲刑期未满,母亲另居,只有奶奶相依相靠。五大间两头有阁楼的房子,空荡荡的,冷清极了。我俩睡在阁楼上,平添几分热闹。我之所以愿意到他家住,除不断借书的原因外,还有一个说不出口的想法:我钓鱼,晚上可以到他家做了吃。他是独子,姐姐也有工作,时有接济,生活条件比我家好多了。起码,可以把鱼油炸了吃。白水煮和用油炸,味道太不一样了。

记得有次我俩在浅水的泥坑里捞出不少虾米和鲫鱼,老奶奶把虾米鱼子搅在一块,在锅里连炒带炸,虾米和鱼子酥黄焦脆,异香扑鼻,我俩吃得津津有味。

多少年过去了，而今赴宴，动辄一桌儿珍馐佳肴，吃得排山倒海。若论及美食，和那次油炸虾米鱼子相比，仍无出其右者。

一缕余香留在心里，哪怕游子身在千里，愈会念及故乡之纯美，清水塘之甘醇。

垂钓的遗憾

那片杂草葳蕤的南窑塘，是水生物的天然繁殖场。草鱼、鲫鱼、白条和鲢鱼成群结队畅游，还有少见的鲶鱼、鳖、鳝鱼也时常出没。黑鱼的模样狰狞恐怖，占塘为王，和鳖一样，属捕食小鱼虾的鱼类。它性情阴鸷暴戾，冲击力强，宽大的上下颌都排列有尖锐的利齿。钓钩上的饵食如面团、蚯蚓之类，对黑鱼的诱惑力不大，所以平时极难钓上一条黑鱼。我垂钓数年，也只有钓上一次黑鱼的历史，充其量三四两重而已。斤把重以上的黑鱼，只好动用渔叉或撒网捕捞了。

有一种情况例外，那就是黑鱼的产卵护婴期，钓它就易如反掌了。黑鱼的产卵护婴是个有趣的现象。在一个暖融融的夜晚，黑鱼即将临盆了。它会在选定的隐蔽地点，甩动有力的尾鳍，啪啪啪地击打这一方水域，不知是产前的狂躁宣泄呢，还是警告其他同类勿扰。懂行的人会说，黑鱼闹塘了。黎明时分，塘里静谧如常。到塘边儿寻找，果然在塘面儿的杂草丛中，黑鱼在尺幅之内产满了卵子，浅黄如米，颗粒分明。这时候的雌雄黑鱼在鱼卵上虎视眈眈，负责监护。倘有任何侵犯之举，它们都会毫不留情地给以迎头痛击。那种护崽儿的本能，绝不亚于人类。鱼子一旦孵化成形，就开始离开塘边儿活动。在人的视野内，会看见清水塘里游弋一群黑鱼崽儿，有成百上千之多吧。雄父在前开路，雌母在后压阵，一路上呷起"扑扑扑"的水泡儿，欢闹中的崽儿白肚子乱翻，挺像一个多子多孙的幸福家庭在郊游，一时蔚为壮观。

大约十岁那年，我听说黑鱼闹塘了。溜到南窑塘的一个僻静处，果见杂草上的鱼卵一派狼藉。原来是几位钓鱼者发现鱼卵后,争相逗钓黑鱼,人多吵闹,黑鱼大概吓得不敢靠近,他们没钓着黑鱼,懊恼之下,粗暴地打散了鱼卵,扬长而去。

我按照大人的办法,弄成一个结实的钓竿。钓钩是自行车辐条磨尖弯成的,上面缠了一团棉絮。翌日清晨,我一骨碌披衣下床,抓起钓竿溜到塘边。天上的弯月尚明,芦尖上露珠闪动。我惊奇地发现那狼藉的鱼卵早已连成一片,颜色变成黑芝麻般了。我心中涌动一种无可名状的快意,黑鱼果然尚在。我小心翼翼,把钓钩刚落水中,手感一沉,极有劲力,塘面泛一汪水势。这是黑鱼试探性的一击,含有威胁和恐怖的成分。十岁的顽童,连好奇心理也是脆弱的。一旦与隐蔽的黑鱼对垒,心情则忐忑不安了。

说是钓黑鱼,其实是"逗弄",把特制的钓钩儿在水中一颤一颤,以激怒黑鱼。黑鱼盛怒之下,毅然吞噬,才会死命咬住。我又钓,无动静了。连续颤了几十下,依然无异样感觉。稍松懈时,竿儿一沉,我一抬,竿儿未起,惊喜之中,使尽全身力气向上猛甩。随着轰隆轰隆的击水声,硕壮无比的黑鱼露出水面,嘴里咬着钓钩不松。我不敢犹豫片刻,刺啦一扔,黑鱼在脱钩的同时,早跌落在五米开外的塘坡上。巨大的惯性,使我也趔趄不止。黑鱼出水后凶相毕露。在鱼类的灵性和求生的欲望驱使下,它呼呼地猛蹿几下,试图扭动巨大的尾鳍,回归到它逍遥和逞威的清水塘里。我几乎手足无措,根本不敢对视黑鱼那喷火的目光,更不敢伸手去摁住它。情急生智,伸钓竿连连拨动它,才不至于让它重温旧梦。

那条黑鱼足有七八斤重。父亲惊叹,用疑惑的目光睨我半天,才相信真是我从水里钓出的。当时,乡下人是不大喜欢食黑鱼的,认为它的肉粗且皮厚,口感不好。炸熟费油,煮烂熬锅。吃黑鱼时,往往是先把它干放在大盆里,浇入滚水,用锅盖封死,任黑鱼垂死挣扎。这样刚好把鱼皮烫掉。无论油炸和煮汤,都好拾掇了。

那天,我无论如何也咽不下溢着鲜味儿的鱼汤。黑鱼冒着火花的眼睛,幽怨地叠印在我的脑海里。那目光不仅仅是对人类施暴的抗议,绝对蕴含

环保中国·自然生态美文馆

着母性对襁褓中的儿女们的深切眷恋和对世代居住的清水塘的神往。

我在那个明媚的早上，完成了我的梦，却将另一个梦无情地粉碎了。曾经无数次地设想，假如再有此境遇，我还有勇气重复做一次吗？回答总是否定的。多年来，我时常对自己说，忘掉它吧，它毕竟只是一条鱼。可事与愿违，在梦里，记忆愈加清晰，那一双喷火的目光，依然在闪烁。

远逝的白天鹅

儿时，一位风水先生从我家门前过，停了一会儿，认真地对父亲说："你家门口有这么一眼甜水井，房后一条胡同通过去，连着偌大的南窑塘，地脉水气相通，后人会有出息的。"这话传开，父亲在乡邻的眼里，便多了几分自豪。父亲人缘不错，我自然得宠了。

夏天，我嚷着父亲要去"淘塘"。就是把"寨壕"的某一段截住，在一只水桶上拴上绳子，两边的人同时协作扯动水桶，甩过截流的塘埂去，把水一桶一桶地舀干。这是一种笨重的体力劳动，成千上万次的单调重复，乏味极了，时间稍长，手上勒起血泡，继而腰酸腿疼。在我的纠缠下，父亲无奈，和几位合得来的叔叔伯伯们一嘀咕，真的两副桶轮番换人，哗啦哗啦扯个不停。从黎明到半下午时，塘里的水浅浅见底了。这是个令人惊喜的场面。鱼们大难临头，嗖嗖乱蹿，搅动一池淤泥浑水。我快活极了，手拈一把渔叉，钻入浓密的蒲苇里，猫一般寻觅那些藏匿的大鱼。细流的水口处，鱼们斜着白白的身子，翩翩而过。指甲般大的小金鱼，身染浓浓的胭脂，煞是娇憨可人，平时难得一见，如今一溜儿踊跃而过。我真想顺手捞上几尾装入水瓶里，观赏几天。可此刻我却全神贯注地搜寻那些大鱼。忽见一袭荷叶下，漾动波纹。待我用叉挑开荷叶，嘿，一条大鲤鱼露出脊梁，左盘右旋，正无所适从呢！我离得更近些，"嗖"的一叉，便扎了个正着。叉杆一阵抖动，大鲤鱼被我高高地举过头顶。"我叉的，怎么样？"我边嚷边跑，把叉的大鲤鱼摔到岸边。我无暇顾及父亲和叔叔伯伯们复杂的目光，又挥叉下塘了。

随着我的欢声笑语，我一趟趟地把叉着的大鱼摆满了岸边。我为自己的勇敢和劳动，兴奋得不能自已。等到几乎扯干水塘时，塘心里只剩下些小鱼了。我对目瞪口呆的父辈们说："今天的大鱼，全部是我逮的。"父亲阴沉着脸，一言不发。八叔急忙说："洲儿，你真棒！"

我睡眼蒙眬中，父亲回来了，"呼啦"一声从破麻袋里倒出不少鱼。我醒了，正想坐起看个究竟，却听母亲问："你咋净分些小鱼？"父亲努努嘴，问："洲儿睡了吗？"母亲颔首。父亲懊恼的声音："唉，本来塘里有十几条大鲤鱼。如果是鲜活的，拉到新乡会卖个好价哩，他们几家都需要钱花。看到洲儿满塘乱扎，弄得鱼身上尽是窟窿，我几次都想揍他一顿。大家嘴上不说，心里怨着呢。他八叔劝说：'咱逮鱼本来是冲孩子来的，不是为挣钱的。这孩子平时念书用功，说不定将来咱还沾他的光呢。死鱼我去卖，赔了算我的，让他尽兴扎吧。'"父亲说着摇了摇头，叹息道："水都弄干了，不扎死，还怕鱼飞了吗？"母亲默然，无奈地说："唉，毕竟是孩子嘛。"

一席话，胜过我在塘边儿念的几本书，被窝里我珠泪涟涟，无语凝噎。如今我早已做了父亲，多少次面对儿女们幼稚而纯真的言行，似乎想得很远很远。

那一年的秋末，天气格外寒冷。一夜阴风凛冽，天亮时愈觉寒气袭人。村边儿所有的水塘过早地冰冻了。先有人在冰上试了试，竟纹丝不动。聪明的故乡人回家扛锹拿铲了。塘面上的芦秆、蒲条和杂草凝结干脆，根本不用刀割，人行在冰上，挥动锋利的铁锹一顺儿沿冰面铲过去，苇草们纷纷倒下，一会儿便铲翻一大片。苇秆可以编织盖房用的顶席，杂乱的草可生火煮饭。

我抄手站在塘边儿，不知该说些什么。笼罩着神秘氛围的南窑塘，被热火朝天的人们剃头一样铲个精光。过去的草生草枯，再胆大的人也不敢问津。它瞬间成为白茫茫一片，似乎失去了所有的风采。忽听一阵吆喝，南窑塘的最深处，薄薄的冰面上，从天而降一只白天鹅。它拨开一小片仅够容身的水面，惊慌地旋转着身子。一声引颈长唳，甚觉悲凉。果然从远处跑来一

群人，前面的那位，手中分明攥一杆猎枪。他们从远处尾追着白天鹅，撵到这里。过去白天鹅年年在南窑塘栖落，都不曾受到伤害。尽管当时的故乡人，并不知晓还有《野生动物保护法》之类的条文，可谁对雍容华贵的白天鹅不萌动一丝恻隐之心呢？今天，尚未迁徙的白天鹅是来寻求避难所的吗？

猎手在一步步靠近，猎枪已经平端起来。白天鹅面对死神降临，依然昂着高傲的头颅。千钧一发之际，我猛挥一下胳膊，大吆喝一声："哦哟——！"白天鹅瞬间惊离水面。枪响，冰面上落满霰弹。白天鹅深情地留下眷恋的一瞥，便向南腾空而去。

猎手恶狠狠地逼近了我，我吓得连连后退。他怒气冲冲的拳头终于未落在我身上，因为我身后，早站满一排手握铁锹的汉子。

我的清水塘哟，你让我欢乐让我忧。

塘边儿寻梦

写下这篇文章的最后一章时，真不忍心让读者和我一起，为碧色涟漪的清水塘同唱一曲挽歌。

那个漫长且干旱的冬季过后，翌年夏天，南窑塘的荷叶儿依旧铺天盖地，芦苇荡依然森林般伟岸，可我在塘边儿行走，以往的莫名其妙的神秘感则荡然无存。夏天过去了，秋天来临，一年一度来此一游的白天鹅杳无踪影。冥冥中，难道有什么不祥之兆吗？

我欣慰的是，就在清水塘即将从地球上消失的最后时刻，我终于扑入它宽厚、温柔的怀抱，一抒情怀。一天从田里归来，我泅入南窑塘里，淋漓酣畅地洗了个痛快澡。小伙伴们几乎心照不宣，呼啸一声，竞相向那片缥缈莫测的芦苇荡深处游去。我双手拨拉开苇秆和缠身的杂草，一种征服欲油然而生。荷花儿或含苞待放或昂然盛开，天生丽质，散发着淡淡的馨香，弥漫在水气里。浓密的芦苇荡幽深处，我驻足不前，觉得这地方似乎远离尘世，此起彼落的唧啾，无疑是鸟儿们的极乐世界。见一小巧的鸟巢，摇曳在一簇苇秆上,悠悠颤动。我轻弯苇秆,发现巢里卧两只幼雏,叽叽喳喳,蓦见不速之客,它们惊惧地瞪圆了小眼睛。它们身上尚未长满绒毛,鲜红的嘴角儿异常撩人。我想把它们带走,又怕难以养活,心想,等它们大些再来捉吧。谁知两天后,我沿着留有记号的路线,顺利找到鸟巢时,无奈鸟去巢空,唯余几片苇叶漂浮水面。

这个秋季的某一天黎明时分,我被一阵"突突"的马达声吵醒了。循声觅到塘边,看到眼前的景况时,大脑出现短暂的空白。我无法表达出当时的复杂心情。村里的几位电工,一副颐指气使的派头。村里唯一的大口径水泵,伸进南窑塘最深处的水域内,"哗哗哗"地向外抽水,这是老辈人连想都不敢想的事情。抽水机比扯水桶快太多也太省力了。无论猴年马月,天如何干旱,这片水域从未干涸见底。一泓绿水,不知给多少代人带来过欢乐。传说有一条大黑鱼——就是整个南窑塘的鱼王——也在此处栖身。它有铡框那么大,能吞下鸭子,能咬住喝水的牛嘴。故乡人曾以此为荣,炫耀四方。

现代文明不知打破了多少神话,南窑塘的传说自然难逃厄运。三天三夜过去,在电工们悠闲地喷吐着烟圈时,水塘渐渐露底了。鱼儿们在越来越小的塘中心拥挤一团,十多斤重的草鱼和鲤鱼,两三斤重的鲢鱼和鲫鱼,长胡子凸眼的鲶鱼,刺溜溜乱蹿。塘边上观者如堵,吆声不断。那条号称鱼王的大黑鱼,是在开始下塘捞鱼时露出真面目的。它从泥浆中呼啸而出,俨然池中怪物。它抖动尾鳍,把污泥连连击开数米远。捞鱼人谁也不敢贸然靠近它。要不是水干鱼现,谁又能奈何了它呢。没有人知晓它在这方水域称王称霸多少年,繁衍过多少子孙。它也是我迄今见过的最大的黑鱼!

几条壮汉面面相觑。岸上扔下几条长长的木棒,他们只敢远远地狠命追打大黑鱼,试图把它击昏弄出来。大黑鱼在暴力施虐下,初时还横冲直撞,后来只好俯首认命了。

大黑鱼足有三十斤重!

这场浩劫,使南窑塘的水族大曝光,也使闪烁在一方水域的光环黯然失色,永世不复。

更令人沮丧的事情远未结束。电工们初战告捷，便兴高采烈，继续扩大"战果"。他们采取分片抽干、各个击破的战术，整整一个秋季，几乎把全村所有的水塘，统统翻了个底朝天。尽管来年的清水塘依旧注满碧波，鱼儿又开始繁衍生息，可注定它们永远长不大。你可以捕不到大鱼，但塘里决不能没有大鱼。就像芦苇荡里不可能藏龙卧虎，却能隐隐透出龙吟虎啸的气韵。这就是一方水域的魅力吗？

清水塘失去了什么呢？大概就是这样一种诱惑吧。

从 20 世纪 60 年代中期开始，引黄水渠对农田实施灌溉，浑浊的泥沙俱下，被故乡人巧妙地利用了。黄河流入清水塘里，待泥沙沉淀后，从另一个水口输导走，如此循环往复，清水塘渐渐被淤平吞噬了。因为人口无节制的生育，划分宅基地已经提到农村工作的重要议事日程。塘边儿不再是无人问津的荒芜之地。

如今的故乡，完全没有了芦荻飘飘、绿水淙淙的清水塘，乃至南窑塘的上方，已拔地而起一排排漂亮的新居。每天早晨，都会升起袅袅的炊烟。我回故乡探亲时，牵着一双儿女，漫步在两边砌有水泥沟的村边公路上，给他们讲述着不太遥远的故事：

从前呀，有一片清水塘，

塘里呀，长着青幽幽的芦苇荡，

芦苇荡里呀，有一条大黑鱼，

大黑鱼呀……

围 狼

申·平

立冬以后，接连下了几场雪，又刮了一场"白毛风"，气温降到了零下三十多摄氏度。天放晴的时候，围狼的时刻就到了。

在克什克腾旗草原上，每年这个时候，牧人们都要围狼。方圆百里以内的牧人会提前约好，在同一时间骑马从四面八方向中间地带推进。他们身背钢枪，高举套马杆，边跑边大呼小叫，驱赶那些藏在地洞里或树丛间的野狼拼命逃蹿。每年围狼，都要有数百条狼毙命。

1978年，我作为草原上的最后一批知青，参加了据说是最后一次的围狼行动。

我们嘎查(村)那次带队围狼的是民兵连长跟小，一个漂亮的蒙古族姑娘。可惜她的性格有点像男子汉，喜欢穿军装、戴军帽，说话办事虎虎生威，人送外号"铁姑娘"。我呢，因为刚来时曾在她家的蒙古包里住过几天，所以跟小和我的关系颇为亲近。

一大早，我们几十号人马就在跟小的指挥下呜嗷喊叫着出发了。我们在白雪覆盖的草原上呈扇形散开，快速前进。跟小今天又在大皮袄里面套了一身绿军装，头上戴一顶棉军帽。她不时大声喊叫，谁的声音也不如她的响亮。我看着她的身影第一千次地想：这个跟小，要是再有点儿女人味该有多好啊！

大概奔跑了两三个钟头,远远听见了人喊马嘶的声音,于是大家更兴奋了,加快速度向几座山间的一片平地冲锋,因为那里就是包围圈的收网点。转眼之间,四面八方一下子冒出队队人马,旋风一样冲了过来。与此同时我也清楚地看见,就在人马形成的包围圈内,果然有一些灰白的影子在东奔西逃。近了,近了,真的是狼。这些平时在草原上称王称霸的家伙,此时在强大的人类面前,一个个缩脖夹尾,绝望哀嚎。它们渐渐缩在一起,瑟瑟地等着死神的降临。

所有的人马都停止了喊叫,一根根套马杆举了起来,一起向那群邪恶的生灵逼近。我忽然发现,今年围住的狼实在少得可怜,不过二三十只。这时我也听见跟小嚷了一声:"怎么这么少啊?不够塞牙缝的!"

谁都没有注意到意外是怎样发生的。就在群狼引颈待毙的时候,忽然有一条狼狂叫一声,平地跃起两丈多高,直奔我的马头而来。我座下的小青马一惊,往旁边一躲,险些将我甩下马来。就在我手忙脚乱之际,那狼已经从我身边的空隙里"嗖"地蹿了过去,向前飞逃。

还是跟小反应最快,大喊了一声什么,拨转马头就追。我也立刻催动小青马,随后追了上去。人和狼,准确地说是狼和马开始在雪地上赛跑。跑啊跑啊,不知道跑出了多远,后面已经看不到围狼的队伍了。跟小骑的五花马终于把狼给追上了。我看见跟小在马上立起身子,一甩套马杆,那狼就被套住,开始在雪地上翻滚。这时我也赶到了,从背上摘下枪,"咔嚓"一声子弹上膛,准备一下结束那家伙的性命。

忽然,跟小喊了一声:"慢着!"

我一看,那狼已经伏在地上不动了,它的两条前腿居然跪着,两只眼睛里泪水涟涟。这种情况我可是从未遇到过,举着枪一时不知如何是好。

跟小的套马杆仍在狼的身上套着,她看着狼,嘴里却对我说:"这是一条母狼啊,它怀孕了。怎么办,可不可以饶它一命?"

我弄不懂她的本意,就说:"你不是说过,对待野狼要像对待阶级敌人一样吗?"

跟小说："情况不同嘛，你看它多可怜！"

我说："想放你就放，我保证不会说出去！"

跟小扭头看了我一眼，就把套马杆抖了几抖，说了一声："饶你去吧，从此你不要害人！"

那狼获得解脱，也好像听懂了跟小的话，跳起来飞快地逃走了，跑出好远还回了一下头。跟小久久地看着它的身影，眼睛里竟有亮晶晶的东西在闪动。

在这一瞬间，我一下子发现了跟小身上的女人味。我终于知道，在她的军装后面，跳动的仍然是一颗柔软的女人心。

若干年后，当我们带着孩子重回草原的时候，听说克什克腾旗草原上的狼迹一直未绝，跟小就兴奋地说："那一定是我们当年放走的母狼留下的根。"

狼　财

申　平

　　那时候,草原上交通闭塞,商业当然也不发达。烟酒茶糖、日用百货,全靠一些货郎贩运。这年春节前夕,就有一个贩卖鞭炮的商人行走在草原上。

　　这时的草原准确地说应该叫雪原,到处都是白茫茫的一片,只有几溜马蹄印指引着商人前进。他知道,在马蹄印的尽头,肯定会有一些蒙古包或是一个村子。

　　太阳渐渐落山,草原上的光线暗淡下来,可马蹄印还在向远处伸延。商人就有点慌了。他知道,如果在天黑之前找不到一个住处,他要么会冻死,要么会被野狼吃掉。

　　正当商人绝望的时候,转机出现了。商人看见前面山脚下出现了一座房子。他加快脚步赶了过去,却发现这是三间空房,窗子用砖头堵死,只有门框却没有门。商人小心地走进去,看见里面空荡荡的,地上留有一堆堆灰烬和一摊摊水印,显然,经常有人在此打尖过夜。商人想:能有这房子过夜也算不错了。

　　商人想找个能躺的地方,但地上潮潮的,再说也没有门,怎么也觉得不安全。后来他看到了房桁。房桁很粗,还用刨子刨过,躺在上面睡觉肯定没有问题。商人便顺着房中间一个支桁的木柱爬了上去,接着把装着鞭炮的口袋也提了上去。商人把一切安顿好,天已黑透了。忽然,他从门口看见远远地来了一串串小灯笼，越来越近，但见那些"灯笼"都闪着蓝幽幽的光。"灯笼"群在门外停下，发出了一阵杂乱的嚎叫声。商人感到头皮发麻，他知道，自己遇到野狼群了。他吓得龟缩在梁上，大气也不敢出。

先有一两只狼钻进屋来，它们东闻西嗅，很快发现梁上有人，一声嚎叫，群狼纷纷涌进屋来，一齐朝上望着。商人吓得发抖，紧紧贴在桁上不动。

狼开始轮番向上跳跃，越跳越猛，有的爪子居然够到了梁桁，把那上面抓出了一道道沟。又有更聪明的狼去啃那根木柱，咯嘣嘣，咯嘣嘣，商人感到梁桁在颤动，他在心中哭喊：妈呀，看来今天我必死无疑了。

在危急时刻，商人忽然想到了火。他摸出身上带的火柴，"嚓"地划着一根，往下一扔，群狼立刻吓得一阵乱跳；又划一根，又吓得一片混乱。但划了几根之后，狼便不再害怕，接着又啃木柱。这时商人又想到了口袋中的鞭炮，他悄悄摸出一挂大雷子，冷不丁点燃了，噼啪乱响，火星四溅，狼这一惊非同小可，拼命争相逃蹿，转眼无影无踪。但商人仍不敢动，他在梁桁上心惊胆战地挨到天亮。

天亮以后商人才发现，地上竟留下六七只狼尸，看样子是夜里急于逃命撞在墙上撞死的。商人怕它们装死，又点燃了一挂鞭扔过去，看看仍无动静，这才爬下来。乘着狼尸还没冻硬，他找出刀来把狼皮全扒下来。他扛起鞭炮，拖起狼皮，又走了很远的路，终于到了一个村子，结果，七张狼皮竟卖了个好价钱，比卖鞭炮赚得还多。

且说商人意外发了狼财，回去以后竟改弦更张——他买了杆猎枪，专门跑到草原上打起狼来。他打狼，是为了要狼皮，卖给城里人做狼皮褥子。他也收狼皮，低价收，高价卖，几年下来，他居然发达起来。

这年春天，草原上冰雪消融，青草泛绿，商人赶了一辆马车，又到草原上来收狼皮。他知道牧人们秋冬攒下的狼皮，现在正急于出手呢。现在他的心情非常好，半躺在车上喝着小酒，哼着小曲儿。

不知不觉又走到那座空房子跟前了。几年过去，空房子已经倒塌，只剩下断壁残垣。商人停下马车，来到他当年发迹的地方怀旧。忽然，他发现山

上有一群狼走过。狼大概早就看见了他，但它们没有理他，一直往前走。他看见有一只漂亮的母狼走在最前面，它迈着优雅的步子往前走，神态倒像一个公主。在它后面，一只又一只公狼在忙着献媚，希望自己能得到"公主"的青睐。商人知道现在是狼发情的季节，而且这时的狼皮因为换毛，也不太好，但他还是忍不住去车上取了猎枪。他想：现在可不是当年了，我用不着再怕你们了；再说把春天的狼皮和秋冬的狼皮混在一起卖，也没有人会发现的。到了嘴边的肥肉，不吃白不吃啊。

商人把枪支在断墙上瞄准，一声枪响，前面的"公主"一头栽倒。商人不知道，他这一枪犯下了致命的错误。如果他不打前面的母狼，而打后面的公狼，其他公狼反倒幸灾乐祸，因为少了一个竞争对手，但一旦把它们的"狼花"打死了，它们怎么会饶得过你。群狼愣了一下，马上发出一阵狂嗥，一齐向他扑来。商人举枪，一连撂倒了五六只狼，他以为狼应该被镇住了，应该像当年那样争相逃命去了，但是没有，它们就像发了疯一样，不顾一切地拼命扑过来。

这一下，轮到商人害怕了！

商人站起身，想上车逃跑，不想那马早已拖着马车跑远了。商人又开了几枪，但匆忙之中反倒打不中狼了，而且子弹也打光了……

商人发出了一阵绝望的哭号声。

当再有人路过这里的时候，看到的惨相让人胆寒，商人被狼啃得只剩下骨渣和血迹，猎枪的枪托也被咬成碎末，连枪管也被咬出许多牙痕来……

人　威

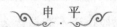

申 平

靠近草原的山区,突然闹起狼灾来。

据猜测,野狼成群结队地出现,与草原前些天的大火有关。无情的大火不但吞噬了草场的畜群,而且也将狼群赶得无处藏身,它们只好越过塞罕坝,蹿入以农业为主的山区来活动。

开始,人们对山上不时传来的狼嗥声还感到很新鲜,有个记者甚至跑来采访,写了一篇《山区生态恢复,野狼重现山林》的文章发表在报纸上。

随后,新鲜感就变成了恐惧感,谁也没想到野狼的数目会有那么多。不止一个人亲眼看到,大白天的,野狼竟然排着队,一个咬着一个的尾巴,浩浩荡荡地从山梁上通过。

紧接着,就传来了家畜被吃、有人被伤的消息。狼的脚步似乎越来越近,每到夜晚,家家户户早早地圈好家畜,关严大门,然后便紧贴炕席躺着,静听远远近近那悠长凄厉的嗥叫声。

由于所有枪支上缴,村民无力组织反抗,狼在试探了一段时间以后,变得更加肆无忌惮。它们竟在黑夜连续进村,今天赶走了这家的猪,明天咬死了那家的羊,一时间,全村上下,谈狼色变。

村干部作出了两项决定:一、向上级报告,请求公安出面打狼;二、派老人和孩子去祭山,以争取时间。

祭山是一项古老而神秘的活动,就是由一个德高望重的老人带上孩子和贡品,到山上去烧香磕头,祈求山神保佑。贡品是由各家各户出的,有酒有肉有馒头,拜祭过后要统统扔在山上,让山神饱餐一顿。

现在村上最合适的祭山人当然是老猎头。老猎头当然不姓猎,他曾是这一带有名的猎人。这些年他的营生却是放羊,他家中养着四五十只山羊和绵羊。

村主任来找老猎头的时候,他正在给自家的羊圈加荆棘,听村主任说明来意,他那张数不清多少道皱纹也说不清是什么颜色的脸显得异常冷漠,他说:"祭山?祭个鸟吧!狼那东西我知道,它会听山神的话?笑话!"

村主任说:"那你说怎么办?"

老猎头说:"怎么办?打个狗日的呗!你有种,去把猎枪给我要回来。"

村主任说:"这个……我怎么能办得到呢?"

老猎头便愤愤地说:"那你还来找我干什么?让我去求狼啊,除非你们杀了我!"

村主任碰了一鼻子灰,只好去找别人。他知道老猎头的心里窝着火呢。当年收缴猎枪的时候,老猎头曾经大闹一场,他是最后一个缴的枪。

村里祭过山神以后,狼灾丝毫未减。这天早晨,突然听见老猎头大喊大叫,人们跑去一看,原来是老猎头家的羊圈夜里进了狼,也许狼知道老猎头是它们的克星,竟把他家的羊咬死了一大片。

老猎头两眼通红,他挥舞着钢叉,冲着山上一阵咒骂。

谁知骂完之后,老猎头反倒平静下来了。他也不去管死了的羊,却找出一块三尺见方的木板,动手对木板又刨又凿,谁也不知他要干什么。后来那木板被他刨光,又在上面凿出两个孔,然后他扛起一柄钢叉,揣了一把利斧,背上一些干粮和水,就要进山去。

村主任在村口拦住了他:"老猎叔,你不能进山啊!"

老猎头眼中闪动着阴冷的光:"你让开!我进山是找我的亲戚,老相好,你管得着吗?"

"老猎叔,现在的狼是保护动物,不让杀的。"

"谁说我要杀它了!我要让它们知道,人不是好惹的!再说,我犯法我去蹲监狱,与你无关!"

老猎头说出的每一个字,都像扔出的一块石头。

老猎头进山三天,没有任何消息。村里人都说,他肯定被狼吃掉了。但是到了第四天,却见他风尘仆仆地回来了。他背着的一条口袋里鼓鼓地不知装了什么活物。等他打开,所有人都被吓得叫起来:"天哪,那是几只狼崽子!"

村主任急得说:"老猎叔,你怎么……还怕狼不进村呀!"

老猎头说:"你甭害怕,今晚按我说的办!"

当天下午,老猎头让人帮他在后山坡上挖了一个坑,晚上,他把狼崽子放进去,自己也跳了进去;然后把那块凿了孔的木板盖在上面。天一黑,他便在里面把狼崽子弄得直叫。

但听一阵阵狼嗥声近了,一只母狼迫不及待地冲过来,在那块木板上面嗅着,两爪扒着,一不小心,它的一条腿便伸进一个洞里。老猎头在里面一把抓住,并拿绳子捆住;母狼挣扎,另一条腿又伸进另外一个洞里。老猎头又抓住,将两条狼腿捆在一起,这时他推翻木板跳出来,抓着狼腿把木板背在背上,任母狼挣扎嚎叫。老猎头怀抱狼崽子,背着母狼,一阵风似的下山,把母狼和狼崽一齐放在村边的一个空场上。

这下更热闹了,又是母狼嚎,又是狼崽叫,但见群狼排成排,一齐赶来营救。陡然,在狼群的周围,几堆大火腾空而起,照得空地如同白昼。但见火光亮处,村民纷纷手持钢叉棍棒,敲着锣鼓,燃起鞭炮,齐声呐喊。群狼乱作一团,抛下母狼和狼崽拼命逃蹿。

这时老猎头走上前去,咔咔两刀,砍断了绑着母狼的绳子,母狼翻身爬起,恐惧地看着人群,竟一口叼上一个狼崽,又用尾巴赶着其他几只狼崽,在人们的呐喊声中和众目睽睽之下急急而去。这边,老猎头突发一声怒吼,嗨地将钢叉深深刺入一棵树中。

第二天,狼群奇迹般地撤离了山区。从此,这里再也没有出现过狼患。

缝山针

非　鱼

年又春是某局的助理调研员,也是个业余画家,他的写意山水在省里小有名气。

局里开党委会研究驻村扶贫工作,说市里要求必须有一名副县级干部带队,在扶贫村帮扶一年,尽快帮村民走上致富路。年又春一听说是高阳村,忙说:"我去。"

高阳村年又春去过。几年前他出去写生,骑一辆自行车三转两转到了一个小山村。当时正是槐花飘香的时候,漫山遍野雪白的云朵起伏着,甜腻腻的香味让年又春陶醉了。他躺在树下睡了一觉,然后支起画架,画了两幅《听槐》。临走的时候,年又春问一个放羊孩子,那孩子吸溜着鼻涕告诉他:"这是高阳村。"

正月十五没过,年又春就带着被褥、军大衣、煤气灶、米面油盐和两名驻村队员来到高阳村。村民们敲锣打鼓欢迎他们的到来,年又春看到寒风里热气腾腾的欢迎队伍,心一颤:一定要尽自己最大努力,帮百姓致富。

年又春从局里要来一部分扶贫资金,又借助各种关系拉来十来万赞助款,修公路、架电话线、建蓄水池。一项项帮扶工程建成了,村民脸上有笑容了,村委开会也开到他们宿舍去了,大事小事都要跟他们商量商量。

秋天到来时,山上的柿子树挂起了火红的小灯笼,年又春站在山顶上,深深呼吸着山风带来的果实成熟的香味,他又一次醉了,久违的情绪在胸膛里鼓胀。

下山的时候,年又春看见瘦瘦的高小根背了一大筐煤。他早听说高阳山上有煤,可一直没顾上详细问。他叫住高小根,要看看他筐里的煤。高小根说这煤是无烟煤,好烧。山上不少,也不深,有时候找准了几镢头下去就能看到黑煤。

年又春一听立即兴奋了。这么好的资源,村里怎么就不知道开发呢?要开发出来,村民不早富了,还用他们来扶贫?年又春一回村就把村委会主任叫来,问他煤的事。主任说早就想开发,但村里没钱,投资不起。找市煤炭局的一个技术员来看过,他说都是"鸡窝矿"。年又春问他啥叫"鸡窝矿",主任说就是矿床太小,一小片一小片,跟鸡窝一样。年又春一听沉下脸,"鸡窝矿"也是矿啊,怎么着也能给老百姓带来财富不是。村主任一听忙点头说:"是,是,是。"

于是,高阳村的煤矿开挖了。没钱,招外地的人来投资,村委会账上的钱慢慢多了,村民下窑挖煤,每天也可以挣几十块钱。高阳村热闹起来了,轰隆隆的汽车、拖拉机从年又春帮忙铺设的公路上开进来又开出去,一车车煤挖出来又拉走,换成了钱。第二年春天到来时,一些村民家里开始准备盖新房,谁见了年又春都双手拉着他说:"感谢啊,感谢你。"

年又春是喝完高小根的喜酒才离开高阳村的。高小根在矿上挣了钱,买了辆三轮摩托,还从山外娶回一个漂亮媳妇儿。年又春借着酒劲儿说:"新娘子长得好看,回头给我当模特儿。"高小根乐得直搓手,不停地说:"喝酒,喝酒。"

年又春的扶贫工作结束了,在全市召开的表彰会上,年又春做典型发言,他声情并茂,会场上好多人都在悄悄擦眼泪。

年又春一年多后翻看他的获奖作品《听槐》时想起了高阳村,他对高阳村的深厚情感一下被勾了起来。

"到高阳村去!"年又春带上司机立即出发。

暮秋时节，风很劲，一路上枯黄的叶子在车前翻卷飞舞，车轮带起的小石子儿敲打着车窗车门，发出清脆的响声。

"停，快停下。"年又春看见高小根了。

司机停下车，年又春下车叫高小根，高小根迟疑了一下才认出是他，忙过来拉着年又春的手说："年局长来了，大家一直念叨你呢。"

年又春叫高小根一起坐上车回村，高小根说不了，他得上坟去。

年又春忙问："谁不在了？"

高小根苦笑一下："媳妇儿。八月份下大雨，她从山上下来，一个挖过的废煤矿突然塌了，媳妇儿一下陷了进去，肚子里还有五个月大的孩子。"

年又春惊呆了："怎么会这样？"

他沉默了一会儿说："我们一起去。"

年又春和高小根一起慢慢朝山上走，年又春越走越心惊：满目疮痍！他只能用这个词来形容他所看到的。到处是挖过的和正在挖的小煤窑洞，废弃的煤矸石。曾经茂密的树林，现在不剩几棵树了，孤单地守着快速苍老的高阳山。

年又春在高小根媳妇儿的坟前跪了下去："都是我的错。"

高小根忙拉起年又春："年局长，你是我们的致富大救星，是她命不好，赶上了，怎么能赖你呢？"

年又春没有勇气走进高阳村，他匆忙赶了回去。

三个月后，市里禁止小煤窑开采的通知下来了，一件由年又春设计的巨型雕塑也从省城运到了市里，又被运到高阳村，是年又春自己掏钱制作的。

那是一根笔直的闪亮的金属大针，足有十来米高，固定在一个底座上，在太阳下发出耀眼的光芒。

年又春给这个雕塑取名叫——缝山针。

荒

非·鱼

岛,的确是荒岛。

偶尔的闯入者看见过碗口粗的蛇吊在树上吐着长长的芯子,还有猛兽。

民厌恶那个城市的遮遮掩掩和诡谲莫测,心怀鬼胎的人们时刻算计着别人和被算计着,他怀着去死的决心登上了荒岛。让蛇吞了,让兽食了,总比让人折磨得不死不活要好。

民来到岛上,郁郁葱葱的森林,清浅的小溪,歌唱的小鸟,奔跑的野兽,让他欣喜若狂。

三个月过后,民觉得有点儿寂寞了。他和鸟兽尽管相处和谐,可彼此语言不通,他太需要把内心的感受告诉一个能听明白的人。于是,他下岛,说通了一个女人跟他来到荒岛,两个人的日子有了诉说和倾听。

没持续多久,诉说和倾听变得重复、无聊,而且,两个人过日子怎么可以没有孩子呢?于是,他们生了一个孩子,健壮得像一头小豹子一样的儿子。

儿子一天天长大,在森林里跑来跑去,赤身裸体,奔跑的速度像风,爬树的敏捷像猴子。民的妻很担心,孩子要变成野人了,可怎么是好?他必须得到教化。

负责教化孩子的老师被请到岛上,他耐心地教给民的儿子礼仪、知识。民的儿子渐渐失去了奔跑的能力,变得温文尔雅。到了十八岁,民的儿子提

出他该结婚了,他要享受爱情。

第五个出现在岛上的,是一位善良美丽的姑娘,她和民的儿子结了婚。她带来了她的父母和弟弟,民和他的妻与两位亲家一起吃饭、聊天儿,谈论他们的儿子和女儿。

矛盾是偶尔产生的,来自那位教师。他因为那位弟弟骂了他,便恶毒地制造了一起谎言。民和亲家大吵一架,谁也不理会谁,除了那位教师。又没有第二个中立的人来劝诫,他们整日不说话,彼此像仇人。

民觉得必须树立自己在岛上的威信。岛上的第九个公民来了,是一位公正的律师,他帮助民调解了和亲家的矛盾,并为民制定了岛上的公约。民作为岛主,拥有岛上的最高权力。监督公约执行的两名检察官来了,保证公约执行的三名士兵来了,这都是缺一不可的。

随着公约的执行,其中的漏洞越来越多,完善漏洞的同时,新的职业诞生了。民的儿子成了从城市向荒岛选拔、输送人员的最佳人选,他的妻则做了他的秘书,帮助登记每天都有哪些新的职业诞生,需要多少人员来补充。

厨师、保姆、巫师、侦探、心理医生、经纪人、司机、工人、制造商、乞丐、银行家……几乎每隔两小时,就有一个新的职业诞生。民看着他手下的子民越来越多,大家天天早上向他朝拜,温顺地听他训导,实在太高兴、太满足了。

民的儿子垄断了整个岛域经济,成了岛上的经济巨头,他的钱多得无法计算,不知道怎么去花,只知道如何去挣到更多的钱。他的父亲是岛主,那么他理所当然要拥有岛上的全部资产,他不能容忍还有那么多人从他的手里领工资,他开设了妓院、赌场、美容院、服装店,他必须让那些人把领的钱再乖乖地送回来。

民每天站在岛的最高处——官邸的楼顶,看着岛上的变化,得意扬扬。这都是他的功劳啊,他是这座小岛的开拓者,是至高无上的王。

森林已经砍伐得差不多了,要造纸,要造各种各样的房子,到处需要木头。森林没了,民就命令大家种草。驱逐和猎杀,让鸟兽变得非常稀罕。民命令大家紧急建造动物园,把剩余的动物保护起来。

政变似乎在一夜之间突起,有人说民老了,要他让位,说他的儿子骄奢淫逸,横行霸道,让岛上的经济处于极度混乱的状态。

尽管政变被镇压下去了,可民变得焦虑不安,他不知道那些觊觎他的权力和他儿子金钱的人藏在哪里,他们什么时候会突然再次发起政变,甚至突然枪杀他们,或者绑架他的孙子。

民的焦虑越来越重,整日忧心忡忡,疑神疑鬼。岛上最权威的医生说,民患了抑郁症,他必须到一个清静的地方休养三个月,否则,他不会活过一年。

民听取了医生的劝告,他给儿子留了一封全权委托书,要他处理岛上的一切事务。

民乘坐一叶小舟,在一个清晨离开了岛,他的手下已经为他寻找到了另一座荒岛,他将一个人在那里静静地调养。

小舟渐行渐远的时候,民回头看了看曾经的荒岛,现在,那是一座多么美丽的现代化城市啊!

水库边的芍药花

非·鱼

我与自己相遇在三十年前,那个叫观头村的地方。

布满石子的公路两边,青绿的玉米在微风里窃窃私语,它们的怀里,抱着籽大穗长的玉米穗子,缠绵柔软的缨子吐出很长。

我沿着这条路,一直走,拐过一个弯,走过一条长长的堤坝,就看到了从那头摇摇晃晃过来的自己:黑瘦的身子,光着脚丫,两条细长的辫子已经乱糟糟的,眼睛很大很亮,有人说像《城南旧事》里的英子。我端着一个旧的白瓷洗脸盆,盆里有小鱼小虾,还有半盆水。

就是这半盆水让我走起路来摇摇晃晃,要时刻小心着别把里面的水连同小鱼小虾一起晃出来。我的身旁,是同样瘦弱的娘,她歪着身子,胯骨上顶着一个硕大的竹筐,筐里满满地塞着刚洗干净的衣服。

与以前的很多次不同,我脸上挂着泪珠,鼻子还在不停地一吸一吸,把刚想流出来的鼻涕吸进去。娘说:"说不能要就是不能要,那是水库的。"

她在说芍药。我哭的也是芍药。

我到现在还一直怀疑那个地方是不是真的存在,是不是我为自己无趣的童年杜撰出来的。

一股山泉从青褐的石缝里流出来,经过几棵柳树,流进那个水库,清亮亮地滋润着一村老小。水库旁边,沿坡开掘出几块梯田,种菜、种瓜、种花,像世外桃源一样,灿烂、安静。

花只有一样——芍药。成片的芍药开放时,娇粉的花瓣、嫩黄的花蕊、碧绿的花叶、浓郁的香味,让人觉得实在太过奢侈。但那些芍药就那样一年一年奢侈地开着,而且面积越来越大。每当这个时候,我就盼望娘能去洗衣服,我可以跟去,偷偷地溜进菜地,去看那些娇艳的芍药花。

终于在那一天,我给娘提出了一个很尖锐的问题:"我要花。"娘说:"那是别人的,有人看着。"

我固执地站在太阳地里,眼巴巴地看着那些花说:"我想要。"娘说:"不行。"

我张开嘴就哭,那是我觉得唯一可以说服娘的武器,但在那一天,还是没用。

我端着娘用兜里的馒头渣子和洗脸盆捞来的小鱼小虾,一路哭啼不停:"我要花。"

那些小鱼小虾哄骗不了我的,虽然它们会很好吃,但怎么能跟那些漂亮的芍药花比呢?

在以后的很长时间,我就像个啰唆的老太太,想起来就念叨,没完没了。

娘终于被我念叨烦了:"别嘟囔了,明年我给你种芍药。"

我细瘦的胳膊攀在娘的腰上:"真的?真的?你说话算数。"

娘一扒拉我的头:"算数。"

第二年的春天到来之前,房檐上的冰还没有化完,娘说要去水库洗衣服。我吵着要跟,她说:"冻死你,花儿又没开。"娘不怕冻,她从来都是结实而无坚不摧的。

等到娘洗衣服回来,我看到她从竹筐下掏出一个白塑料纸包的小包,她说:"你的花。"我看到了两个像小红薯一样的东西,娘说:"这是芍药根。"

那个下午,我很卖力地搬砖、端水,娘在院子里垒起两个一尺见方的花池,一个花池里埋进去一个芍药根。我天天守着,眼看着绛红的嫩芽钻出地面,长成壮硕的花茎。

初夏到来的时候,我的芍药开花了。只有一朵,尽管小,但也和水库边

环保中国·自然生态美文馆

的芍药花一样,娇粉的花瓣,嫩黄的花蕊,香极了。我高兴地围着小小的花池转来转去,手舞足蹈。我喊来所有认识的小朋友,让他们看我的芍药花。但只准看,不准摸,也不准闻。

一个拖着黄鼻涕的小孩突然说:"这花是偷的。"

我立即声辩:"不是,是我娘种的。"

黄鼻涕说:"是你娘偷的,从水库偷的花根。"

我扯着嗓子跟他争辩:"不是,不是,就不是。"

那群本来还很羡慕我的小朋友,这时背叛了我,他们家里都没有这样好看的芍药花,他们全站在黄鼻涕那边,异口同声地说就是我娘偷的。他们拖着长腔喊:"你娘是个贼……"

我气愤极了,从院子里捡起一根桐树棍朝他们抡过去,他们跑了,但依然在巷子里高喊:"你娘是个贼,偷水库的花……"

他们的喊声让我很难过,我扭身拿芍药花出气,三下两下把那两棵花连叶带秆揪个精光。那朵娇艳的芍药,才绽放了不到一天,连同嫩绿的叶子一起,被我扔进了猪圈。

娘从地里回来的时候,我正坐在房檐下哭,看到她回来,我更放大了声音。

娘急忙问:"怎么了?"

我冲她喊起来:"花是你偷的,你是个贼。"

娘没说话,扬起手给了我一巴掌,我的脸火烧火燎地疼,但嘴里还在喊,好像要把那些孩子吆喝给我听的全还给她:"你是个贼,贼!"

很奇怪,娘没有再打我,也没再搭理我。

后来,后来怎么样了? 我不记得了。

院子里的芍药第二年又长了出来,比头一年更多,花朵更大。

我至今也没明白,当年的芍药花根到底是娘偷的还是跟人家要的呢? 她一直没说。

这些都不重要了。娘不在了,院子里的芍药花不在了,水库边的芍药花也不在了,就连水库,也干了……

会跳舞的大花蛇

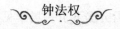

钟法权

哨所在高高的山顶上，四周光秃秃的，一切显得那样荒凉，唯独哨所门前长着的一棵榆树显得生机勃勃。只因一年四季刮风，榆树长得十分艰难，头弯曲着，身躯也严重扭曲，显得十分难看，活脱脱一个歪脖子树。可它在哨兵盖宝的眼里却是哨所最有生气、最有活力、最好看的一道风景。

在一个夏日的雨后，盖宝像往日一样端着一碗汤泡饭，边吃边欣赏门前的榆树。刚被暴雨冲刷过的榆树叶片在阳光下闪烁着翡翠一般的光泽，突然，一条长四尺有余的大花蛇在晶亮的叶片中出现，大花蛇的尾巴缠在树枝上，头朝下，时而像一个顽皮的孩子荡着秋千，时而像一个飞轮旋转。盖宝很是惊奇，在阎王山他从来没有见过蛇。

说来也怪，从那以后，每天夕阳西下时，大花蛇就会准时出现在哨所门前的榆树上，像舞蹈演员那样，先做一些练形体的动作，然后再一招一式进行表演。于是盖宝的眼里又多了一个鲜活的景象。夏天真正来临了，阎王山的蚊子一夜之间多了起来。阎王山的蚊子不仅个儿大，而且特毒。盖宝想尽办法躲避蚊子叮咬，还是被咬了一身红疙瘩，先是奇痒，手抓后形成肿块，接下来就是化脓流黄水。

夏天是漫长的，盖宝的痛苦也是漫长的。盖宝吃了很多的药，花露水、风油精也用了不少，可根本不管用。远在山下的医生听说山上有蛇后，打电

话建议他将蛇打掉炖汤喝，说这是最好的以毒攻毒消热解毒方法。盖宝一次次下决心打死那条大花蛇，可每次当他走近大花蛇时，大花蛇并不躲避，反而更加一往情深地在树枝上舞来舞去。盖宝的心就软了，高高举起的竹竿一次次地低下来。

大花蛇成了盖宝寂寞生活的亮点。转眼到了秋天，大花蛇并没走开。进入秋尾，大花蛇还没有走。后来盖宝亲眼看到大花蛇在树下的乱石缝里安营扎寨。

初冬到来的时候，阎王山突然下了一场罕见的大雪，气温一下子降低了十几度。雪后连续几天，盖宝都没有看到大花蛇。大雪停后，盖宝决定到树下看一看，没有想到大花蛇一动不动地倒挂在歪脖子榆树枝上，随风轻轻地摇晃着。蛇整个身体冻僵了，嘴里的长信伸出老长。盖宝犹豫片刻，回身取来砍刀，将树枝砍断，把大花蛇搬到哨所里。

盖宝小时候读过《农夫与蛇》的寓言，他自然不会将蛇放进被窝里，而是将蛇放进不冷不热的仓库里，锁好门窗。在以后的日子里，盖宝常站在窗外细心观看。十天以后，大花蛇奇迹般地苏醒过来，盘绕在米缸下。盖宝知道大花蛇转危为安后将进入漫长的冬眠。

盖宝第一次感到冬天的日子好长，他在盼望着春雷、春雨和春风，他深信，大花蛇冬眠之后会一如既往地陪伴着他坚守哨所。

那片湿地

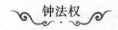

钟法权

　　黄河出龙门本来是一路向南流的,到了潼关,受秦岭华山的阻碍,只好改向东流。

　　在河水掉头的凤凰嘴一侧,由于河道变向,形成了一片很大的湿地,再加上渭河入黄河,那片滩地就成了宝地,像一颗珍珠夹在黄河与渭河之间。

　　因四面环水,人不能随便进入,那里的草也就长得特别茂盛,于是那片草地就成了鸟类栖息的家园。在那片湿地上最常见的是野斑鸠、野鸭和翠鸟,当然最多的是野斑鸠。每到开春,湿地上的枯草摇身变成绿色的时候,也正是野斑鸠产蛋孵化小鸟的季节,于是就有附近的村民撑小船到湿地上捡鸟蛋。

　　滩地与守桥兵住的营房隔河相望,只要有人划船过河就逃不过守桥兵的眼睛,守桥兵知道他们的用意,就对着大喇叭喊话,劝阻他们的行动。有听劝的,也有不信邪的。于是兵们只好开着快艇去拦截,阻止他们到滩地捡鸟蛋。小划子在黄河上行走本来就起起伏伏,再有快艇在一旁兴风作浪,划船捡蛋的人们出于对生命的热爱,也就不得不打道回府。

　　在春季里,风陵渡黄河两岸的餐馆多以吃各类鸟蛋来吸引客人,鸟蛋稀少,价格也就昂贵。有贪财之人冒险驾船渡河。守渡的兵不仅长着千里眼,还长着顺风耳,无论是漆黑的夜晚,还是皓月当空之夜,只要有船在黄河里

行走,兵们都能敏锐地捕捉到,于是用探照灯一照,驾船的人在强烈的灯光下便迷失方向,直到掉转船头,探照灯才熄灭。

春天里有偷捡鸟蛋的,到了初秋便有了偷猎的。秋天黄河的水瘦了,鸟儿却肥了,成群的鸟白天在黄河两岸吃饱了食物,便回到小岛上栖息。偷猎之人更是见利忘义之人,一旦上了未开垦的湿地,是见什么鸟打什么鸟,从不心慈手软。

打猎的人并不在白天摆渡上湿地,都是晚上。晚上正是鸟熟睡的时候,只要用灯一照,鸟便痴呆,举枪便打,一打正着。

用探照灯阻拦打猎的是没有效果的,打鸟的回报太丰厚了,打猎的人为了获取高额的利益,他会想尽办法偷猎。守桥的兵们也是道高一尺,魔高一丈,在整个秋季里,不定期派兵守候在河心的滩地上,遇有偷猎的,他们好言相劝,劝他们珍惜人类共同生息的伙伴。遇到通情讲理的,几句道理给他一讲,便掉转身登船离湿地而去;也有要狠的,说兵们超越权限,管得宽。兵们就说:"这地方属于我们守渡、守桥的范围,你们在这儿打猎影响交通安全。"

兵们说话的时候,有意将怀里的冲锋枪抖得"哐哐"直响。猎人们拿的都是土铳,根本不能与兵们斗狠,只好愤愤地说:"算你们狠。"

有一晚,夜黑风高,一个偷猎者快到湿地时,只因撑船路线不熟悉,划进了旋涡里,船被搅翻了,直喊救命,守在湿地上的兵们听到呼救声赶快驾舟冲了过去,将偷猎的人捞了上来。为感谢救命之恩,这个偷猎的中年男人也加入护鸟的行列。

黄河两岸的湿地被两岸的百姓开垦得所剩无几了,唯有河心的这个河滩湿地始终被兵们保护着。在森林、草滩越来越少的时代,河滩湿地成为鸟们不可多得的栖息天堂。

野斑鸠、野鸭和翠鸟也许知道是谁保护了它们,也许根本就不知道。但有一点是可以确信的,它们常常成群结队从守桥兵们的视野里欢快地飞过,那清脆的鸣叫,又何尝不是对兵们最美好的回报呢?

岩 羊

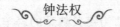

钟法权

老远望去,烈日下的贺兰山就像一座火焰山,不见树木,只有炎日烤晒后发出的团团白雾。

在那最显眼的烽火台上,毕业于名牌大学的国防生崔皓,正贴着望远镜细心望。

以他的专业和博士生的学历,上级已决定将他留在军级机关自动控制化室,他偏偏选择了贺兰山一个偏僻的山沟仓库。

是什么让他对贺兰山如此神往?事情还得从头说起。

当时崔皓还没有毕业,做毕业论文时,他选择了未来战争边境防御这一课题。按照要求,写论文前,他必须到边防一线进行实地调查。当他从内蒙古乌海翻越贺兰山口时,一下子对贺兰山产生了浓厚的兴趣。

其实,真正吸引他的不是贺兰山,而是奔跑在贺兰山上成群的岩羊。岩羊在崇山峻岭上奔跑如飞的姿态,一下子让他迷上了这神秘的群山。

为了岩羊,他选择了贺兰山。

分到仓库后,他强烈要求下连;到连队后,他强烈要求上哨所当兵。人们对他的行为本来无法理解,对他坚决要求上高山哨所更感到不可思议。

上哨第一天,他就看到了九只岩羊。当时正值初春,有一只头羊,站在一块巨大的岩石上,像一尊雕像久久凝望绿波荡漾的库区;还有几只岩羊顺

着围墙转悠。崔皓感到奇怪，问老兵那头羊为什么一动不动朝库区张望。老兵说，岩羊有灵气，它们闻到了库区里的树叶和草地的芳香。

　　仓库依山而建，占地有十几平方千米。库区里树木葱绿，青草芳芳；石头筑成的围墙外面光山秃岭，一片荒凉。

　　岩羊是非常具有灵性的动物，它们知道拿枪的战士不会伤害它们，也就十分大胆地从哨所门前通过。胆大的岩羊还会停下来，驻足与哨兵相望。崔皓爱岩羊，他十分留心每一只从眼皮底下大摇大摆通过的岩羊，并用相机拍下了它们。时间久了，崔皓为每只熟悉的岩羊取了名字，诸如"勇士""猛士""山娜""白梅"之类。

　　冬天是岩羊最难度过的时光。在漫长的冬季里，光秃秃的贺兰山被大雪覆盖，岩羊为了活命不惜攀越险要的岩石，吃一口干草或者树叶。崔皓常常为岩羊顽强的生命力而感动。

　　那是一个狂风怒吼的冬天，他亲眼看到一只叫"贺兰"的岩羊为了吃一片发青的树叶，不惧危险，攀上一块又高又险的岩石，去啃冬青树叶。那棵在风中摇曳的冬青树长得并不高大，树干一半紧贴岩石，一半飘向空中。贺兰也许太饿了，它竟然独脚而立，将整个身子探向空中。崔皓在心里为它拍手叫好的同时，也为它的生命担忧不已。就在这时，一阵狂风从沟里刮了出来，风到之处，雪花飞溅，独脚而立的贺兰岩羊被狂风刮下了山崖。

　　此时此刻，崔皓的心都碎了。为此，他做出了一个惊人的决定，打开哨所的铁门，让岩羊进入库区，吃树叶，啃那一片片人工种植的青草。

　　岩羊太聪明了，它们大摇大摆地从哨所鱼贯而入。开始是一只两只，后来是一群一群的。库区面积虽然有十多平方千米，对常年奔跑于贺兰山脉的岩羊来说，却只是巴掌大的地方。用不了半个月，它们就啃到了库区办公区的四周。仓库的官兵喜欢岩羊，把岩羊当作吉祥之物，并没有太多的担心，对它们的破坏性也没有过高的估计。直到一天，细心的仓库主任发现岩羊啃草是连根拔出之后，才惊恐了。人工种植草地，在干旱少雨的贺兰山，代价之高与温室种植花草别无二样。仓库主任向崔皓发出了关闭哨所铁门的命令。

崔皓能够理解，仓库是贺兰山的一片绿洲，它将仓库一侧的岩画沟辉映得如塞上明珠。外地来的游人在观看岩画的同时，也欣赏到了仓库那片令人心旷神怡的翠绿。

这一年，天公不作美，本来就干旱少雨的贺兰山脉没有飘一粒雪花。贺兰山周边，一些被解除了"武器"的猎民，在岩羊出没的路口放下干草，用渔网和铁圈偷偷捕获岩羊。

面对饥饿的岩羊，崔皓果断采取了应对的对策，花钱从附近的农场买来干草，放在仓库围墙的四周。这一对策非常有效，成群的岩羊又回到了它们喜爱的地方。

蝴蝶哭了

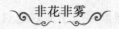
非花非雾

他们在农业大学的操场相识,那是课外活动时间,夕阳正红。

瑞像一阵轻风拂过跑道,她修长清瘦,水洗过的绿竹一般。

培智静静地站在跑道边,像老僧入定。

经过培智面前的时候,瑞很诧异:他就那么一动不动地站着,昂首看着路边杨树上的一只毛毛虫。

两个人都记不清是如何交谈起来的,她知道了他在学习农林病虫害防治,而她学习的是食品营养学。

瑞爱动,所有热闹的活动都少不了她。但她却喜欢陪着培智看树上、草间的小虫子。他会告诉她完全变态和不完全变态,告诉她蝴蝶的肢体语言,他说:"蝴蝶是有感情的……"

她便把他说的话带回宿舍,给一群见了毛毛虫就变色大叫的女孩子们复述。

日子就在卵、虫子、蛹、蝴蝶的循环往复中过去了,回想起来,两个人的话题竟从来没有离开过蝴蝶。

毕业的时候,培智到了西南。

瑞只身到了深圳。她有了一个香港恋人。他们属于一家公司,她在内地部,他在香港部。相识一点都不浪漫,但是有一种渗透人心的感动。每到周末，一水相隔的小伙子，便越过罗湖桥，到深圳与她相会，无微不至地照顾她。

那年国庆节培智发给瑞短信的时候，瑞告诉培智自己恋爱的消息。她说，男孩是个很宽厚的人，博学且上进，给她稳定与温暖的感觉，她爱他。她灵巧的手指点击按键，发出短信时，心里暖暖的，有了一种皈依感。她随男友去了香港，拜见他的父母。

培智好久没有回音。

几个月后，培智说，他在云南大理，他看到蝴蝶哭了。

"香港有蝴蝶吗?"他问。

瑞走在那个高度发达的金融社会里，在那个高楼大厦丛林般耸立的国际大都会里，她看到苍郁的亚热带植物在楼间空地、在河畔、在公园，随处生长，从高楼顶端俯视，香港整个是一座绿城了。他们居住的小区花草丛生，蝴蝶翩翩起舞。

男友的妈妈是一个极传统温和的家庭主妇，吃饭的时候，用生涩的广东普通话告诉瑞，这里的蔬菜和肉食各项指标都合格，而用了化肥和添加剂的蔬菜和肉制品根本通不过海关检测。

瑞当时有些吃惊。她以前认为农村种菜用上了农药和化肥是一种现代化的标志，没想到现代化有那样大的副作用。她爱自己内地的家，但她极力用一种豁达的接受表示对未来生活的憧憬与热爱。她喜欢这个优美的环境，喜欢这个家庭，也爱这个香港男孩。

瑞把这些用短信发给培智。

培智只回了一句话:"我正在保护蝴蝶。"

瑞返回家乡办理出境签证和结婚证明时，听说培智死了。在观察蝴蝶的崖边，掉落下去。

瑞赶到了云南，到了培智工作的地方，那里曾有非常奇妙的自然景观，有些地区，高寒地带的雪山冰峰和河谷地带的热带雨林共存于同一时空，也曾经有过罕见的"立体气候"。

环保中国·自然生态美文馆

"大理三月好风光,蝴蝶泉边好梳妆……"歌一直在唱,但是却找不到蝴蝶了。

因为农药的大量施用以及空气的污染、森林的砍伐,蝴蝶泉几近断流,一年一度的大理蝴蝶会也被永远取消了。

人们说,培智来了不久,就坚决不让人们再用农药了,他不断地对见到的人说:"蝴蝶哭了。"

他走进森林,不停地制止人们伐木、捕蝶,他追寻着蝴蝶的足迹,他要把蝴蝶找回来。有一次,他走进藤盘枝绕的密林,一直没有回来。

最后人们发现他静静地躺在谷底,身下是一株蝴蝶兰,身边环绕着一种蓝色的大蝴蝶。

为了纪念培智,当地的蝴蝶馆用"培智"来命名。瑞进了蝴蝶馆。一个个精致的玻璃盒子里,蝴蝶静静地展开翅膀匍匐着,这是一个悄无声息的蝴蝶世界,美妙无比,却又死气沉沉。

瑞感受到了美,也感受到了沉痛。

二楼,一方大大的玻璃橱中,有一只耀眼的蓝色大蝴蝶。标本旁有一张图片说明,简单地记叙了培智在断崖观察这只稀世大蝴蝶时殉职的经过,还附了一张照片。

培智微笑着,眼睛睁得大大的,瞳仁里有一种炙热的东西。

那大蝴蝶足有一人来高,蓝色的翅翼上有着彩虹般的细密鳞片,随着光线的变化而闪动着不同的色泽。它的两只触须像两只柔美的长翎。这哪里是一只蝴蝶?宛然飘飘欲飞的美人!它那一对稀有的蜜蜂一样的复眼,在大厅明亮的顶灯下,闪烁着无数个光点,像人眼中盈盈的一汪眼泪。

瑞记得,培智说过,蝴蝶是有感情的。

少女与狼

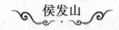
侯发山

女孩和野狼的故事发生在一个很冷很冷的冬天。

那年,她十七岁。那天天色渐晚,她袖着双手裹紧棉袄拢着自家的羊群匆匆往家赶。突然,羊群惊叫着乱了阵势,她下意识地打了个激灵,抬眼一望,她一下子面如土灰,惊呆了:在离她十几米的地方有一大一小两只野狼。大狼的右眼是个黑乎乎的洞,显然已经瞎了(像是猎枪打伤的),大狼瘦得皮包骨头,一副弱不禁风的样子。而它身边那只小狼可能是它的后代,看样子刚出生不久,站在那里不住地颤抖,不时地发出痛苦的惨叫……虽然那只大狼丑陋、骇人,她悬着的心还是慢慢放了下来——她认为,这两只饥寒交迫的狼是没有能力伤害她和羊群的。但她不敢掉以轻心,遂挥起羊鞭轰赶着羊群绕过野狼往前走。

没想到,那个独眼狼在后边跛着脚跟了上来。她一边撒腿撵着羊一边回头看。独眼狼太虚弱了,没跑几步便摔倒了,挣扎着爬起来又追,追几步又倒了……她停了下来,不但不再感到害怕,反而动了怜悯之心,为这两只狼担忧起来:它们饿成这样,若再吃不到东西,今晚即便不被冻死,也要饿死在这草原上了。意念至此,她不假思索,就从口袋掏出一个馒头扔到了独眼狼跟前。令她惊讶的是,独眼狼没有吃这个馒头,而是用嘴把它拱到了小狼面前,小狼立刻狼吞虎咽地吃了起来。她被独眼狼的举动深深地震动了!

于是就把身上仅有的五个馒头全部都掏给了两只狼。当她看到它们风卷残云般地吃馒头时,她又有一丝后悔,她担心野狼有了力气不会放过她和羊,她脚底抹油似的急急赶着羊走了。然而,两只野狼并没有追上来,而是目送了她片刻,转身消失在茫茫草原深处。

此后有一天,她在赶羊回家的途中被一只壮如小牛的大灰狼截住了。羊群惊慌地围着她乱叫,她也吓得愣愣怔怔的,手足无措。大灰狼一身油亮亮的毛,一双大眼睛发出阴毒的光,而且可怕地嚎叫着。转眼工夫,它的叫声又引来了两个同伴。它们围着她和羊群不停地转圈,准备伺机发动进攻。她的背脊上渗出了汗,两条腿弹棉花似的不住地打颤。她发现有一只狼静静地注视着她,她与它对视了一下,猛然认出这是那只独眼狼!这只独眼狼此时也认出了她,于是,它低眉垂首与其他两个同伴交头接耳,似乎在说着什么。它的两个同伴好像不愿意,便聚拢过来跟它撕咬起来。独眼狼张牙舞爪,咆哮起来,腾、咬、转、撕,一时间,尘土飞扬,血腥遍地,狼嚎冲天……独眼狼使出浑身解数,终于把它的两个同伴撵走了。它筋疲力尽地站在那里,默默地用嘴一下一下地舔着身上血迹斑斑的伤口。她缓过神儿来后,感激地望了独眼狼一眼,转身赶着羊走了。她一步一回头。她没想到的是,独眼狼尾随在她和羊群的后边,把她们护送到家门口才蹒跚着离去。

这以后,她见了独眼狼就会把随身携带的食物分一些给它,独眼狼知恩图报,热情地扮演起了"牧羊犬"的角色,忠实地保护着她和羊群。

如果不是后来发生了那样的事情,她是不会去伤害独眼狼的。

有一段时间,她所在的村子除了她家,几乎所有的养羊户家里,都发生了晚上羊被野狼咬死叼走的事情。有的是借贷买回来的羊,有的是上级扶贫送来的羊;有的是带着羔儿的母羊,有的是没满月的羊崽……据目击者说,这些为非作歹的野狼当中,就有一只是独眼狼!乡亲们知道她和独眼狼的关系后,都一把鼻涕一把泪地去求她,要除掉独眼狼。在大家劝说的过程中,她始终没说一句话,末了就叹息一声,带着浸有毒药的十个馒头去了草原。

见了她，独眼狼和往常一样，兴奋地蹭着她的裤脚，并没意识到眼前的危险。她的心怦怦跳着，她动摇了，思忖着该做还是不该做。可是，她看到独眼狼脊背上的毛油亮亮像闪光的缎子，身侧的皮毛像滚滚的麦浪，就想到它不定吃了多少羊才这么健壮，就狠了狠心，哆嗦着手把诱饵丢在了它的面前。独眼狼看了她一眼，毫不犹豫地把浸有毒药的馒头吞进了肚里。毒性很快发作了，它趔趄着倒在地上。她的心几乎要碎了。在独眼狼弥留之际，看着它眼里流露出的痛苦、怨恨和迷惑，抚摩着它渐渐变凉的身体，她心疼地转过身去，眼泪像奔腾的小河哗哗地流。

后来，她说服父母把羊处理后，便只身进城里打工去了。

虽然远离了村庄，但她凝神静坐的时候，眼前总是浮现出一望无际的大草原，大草原上有一只独眼狼和一个挥动着羊鞭的牧羊女孩在嬉戏玩耍……

猎人和野狼

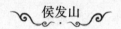

侯发山

　　他是一个年轻的猎人。他原本在城里的建筑工地打工，妻子生下妞妞后，由于父母去世得早，他就卷铺盖回到了农村的家，里里外外地照应。为了维持生计，在农闲时节，他就背起父亲遗留下来的猎枪进了山。好多年没人进山打猎了，山里的野物还真不少。他每次到山里去，从未空手而归，最不济也能打只山鸡回来。

　　有一天，他不知不觉来到了大山深处。他正四下张望时，突然发现山崖处的草丛在不停地晃动，还伴有轻微的"吱吱"的动物叫声。他又惊又喜：兔子？狐狸？还是狼？他平端着猎枪，右手的食指紧扣扳机，蹑手蹑脚地趔趄摸过去。他悄悄走到一个地势较为高一些的石岩上，才看清是两只小狼崽，看样子也不过满月。它们身后隐约可见有个小洞口，毫无疑问，那里是它们的家。他没加犹豫，瞄准两只缠绕在一起玩耍的小狼崽扣动了扳机，因为子弹是散装的铁沙，这一枪把两个小狼崽都撂倒了。这时，他才猛然想起，有狼崽必有大狼！他把狼崽干掉了，狼崽的父母岂能饶了他？他便慌不择路返回了。

　　当天晚上午夜时分，村里来了一只狼，围着他家的房子呜呜狂嚎，听起来不但令人毛骨悚然，还十分凄楚悲伤。在明亮的月光下，他从门缝里看清了，那是一头母狼！他明白，这是那两只小狼崽的母亲，它是来报复的。一家人顿时惊慌万分。他把插上的大门又顶上了两根木棍，猎枪装上了子弹，一动不动地守在窗户边。他妻子抱着哇哇直哭的妞妞在房间里来回走动……天快亮的时候，那只母狼才呜咽着离去。除了不足半岁的妞妞时哭时睡外，他和妻子一夜没敢合眼。

妻子揉了一下熬得通红的眼睛，说："这可怎么办？狼的报复心极强，它还会来的！"

他点点头，说："我还得进山去，必须把这头母狼杀掉！"

于是，他又背着猎枪带上短刀进山了。一连几天，都没找到野狼的踪迹。可是每天晚上，那只母狼都来他家门口哭嚎。他曾试图击毙它，放了几枪都没击中，但在最后那天晚上，他把母狼的腿打伤了，母狼一拐一瘸地逃走了。此后，母狼再没来过，他却一天也没放弃寻找母狼的机会。他明白，狼性凶残，母狼决不会就此善罢甘休。

秋庄稼成熟了，他没再进山。那一天，妻子把吃饱奶水的妞妞哄睡后，也去田地里陪他收割玉米。不到半个小时的光景，邻居慌里慌张跑来叫他们——妞妞让那只瘸狼叼走了！这消息不啻于晴天霹雳，一下子把他们吓懵了，好半天才回过神儿来，一步一跌地往家赶。床上没了妞妞的影子。家里已挤满了闻讯赶来的乡亲，大家你一言我一语地议论着。他仔细瞅了瞅地上，没发现有血迹，他的心里才略微轻松了一些，但想到是被那只瘸腿的母狼叼走，肯定凶多吉少，他的心又提到了嗓子眼儿上。他背着猎枪叫上十几个手提木棍和砍刀的村民匆匆忙忙进山了。一座岭一道沟，一架梁一条河，大家筋疲力尽直寻到天黑了又亮，也没见到瘸腿母狼和妞妞。看到大家劳累不堪的样子，他也料到妞妞肯定是没命了，便不忍心让大家再漫无目的地找下去，就有气无力沮丧地说："我看是没希望了，咱们回吧。"

回到家里，看到妻子在左邻右舍的劝说下，依然哭得昏天地暗，嗓子都哑了。他就抓了个干硬的馒头，喝了半碗水，又叫上几个知己的亲戚朋友上山了——即便妞妞被瘸腿母狼祸害了，也要找到瘸腿母狼，打死它！……可惜找到天黑，还是一无所获。

一天、两天……半个月过去。他终于发现了瘸腿母狼！大家都忙着收拾庄稼，顾不得他这件事了。这一天，他一个人背着枪上了山。他看见在一块较为隐蔽的大岩石下，瘸腿母狼背对着他躺在地上，似乎在睡觉。他的心狂跳着，悄悄迂回过去，瞄准瘸腿母狼，"吧嗒"一扣扳机，铁沙扇面形扫射过去，瘸腿母狼连哼都没哼一声就翻倒在地上。同时，他也惊呆了——在瘸腿母狼身边还躺着妞妞！身体尚温热的妞妞也中弹死去，而且，妞妞的小嘴噙着瘸腿母狼饱满的乳房！

他"哇"地狼吼般大叫一声，狠狠地把猎枪摔到了山崖下！

小河水清清

孟宪歧

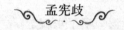

小河叫玉带河，一个挺有诗意的名字。

小河两岸原来是大片的稻田。后来，小河下游上百里处修了一座中型水库，专门供小河下游几百千米处的那个大城市的水源。县里就不让农民再种稻田了，就都栽上了树。

村民杨老帮去了一趟那个著名的大城市，回来后，就悄悄地站在河边愣神儿。

村里人就看见他用一根长木杆，挑着一张用尼龙绳织成的网，从水里往外捞垃圾。小河水虽然很清，但也从上游不断地漂来塑料袋、乱柴，或者死猫烂狗死鸡烂猪的，看着心里恶心。

有人问杨老帮："你闲着没事儿咋地？你管那河水脏不脏呢。"

杨老帮就说："小河水脏了，那城里人还咋喝水呀？"

大家就笑："城里人咋喝水跟你有啥关系呀？"

杨老帮就憋红了脸，重重地说："有关系啊！那城里人是咱的兄弟姐妹啊，他们喝脏水不就等于咱也喝脏水了吗？"

大家便说杨老帮进城把脑子也灌进水了，自己喝水干净就行，还惦记别人嘴里的水是啥滋味呢，傻啊！

杨老帮一点儿也不傻。

那天他进城看儿子，捎带去大医院瞧瞧病，一检查，啥事没有。儿子在城里一家电脑公司打工，时间紧。杨老帮就自己买了火车票，往车站走时，渴极了，舍不得花五块钱买一瓶矿泉水，五块钱够他一天吃的了，就去靠街的一个单位找水喝。

刚进门，被门卫拦下来。门卫问："找谁？"

杨老帮答："找水。"

门卫说："出去找。走，快走！"

杨老帮就嗫嚅着说："我渴。喝了水就走。"

门卫来推他，他还赖着不挪步。这时，从楼里走出一个戴眼镜的人，听见门卫和杨老帮在争辩什么，就问门卫："吵吵什么？"

门卫立即挺直腰杆答："宋主任，这人要喝水，我不让他进去，他就不走。"

眼镜就皱了皱眉头，说："让他跟我来。"

杨老帮就跟在眼镜后面进了一间宽敞的办公室。

眼镜给杨老帮倒了一大缸子水，看他喝完又问："还喝不？"

杨老帮擦擦嘴，高兴地答："喝好啦。"

眼镜有意无意地问："进城打工？"

杨老帮答："不是。看儿子。儿子在这城里上班呢。"

眼镜又问："家在哪儿呀？"

杨老帮答："水清县的。"

眼镜立即说："啊，水清县的。你们那里的水清啊。你刚才喝的就是你们那里的水，整个城市都喝你们的水。"

杨老帮很得意，心里想：原来我们那里也很重要啊，没我们玉带河，城里人喝什么？

回到家里，杨老帮就想城里那甜滋滋的水，想那眼镜喝，儿子喝，自己还喝了，还有那么多人都得喝。他就有了想法，可不能脏了这水！脏了这水，不就等于脏了自己吗？

杨老帮已经从河里捞出了许多垃圾,可那垃圾还是源源不断地从上游漂浮下来。

杨老帮有时间捞时,垃圾冲不走,可杨老帮没有时间时,那垃圾还不是照样往下走?

况且,杨老帮白天捞,夜里不能捞啊。夜里垃圾还不是依旧流下去?

杨老帮终于有了办法:他在河岸两边钉了大木桩子,中间挨着水面拉一道铁丝网。甭管白天夜里,铁丝网就把垃圾都拦住了,他每天清理一回,啥活儿都不耽误。村支书对杨老帮的做法很是满意,隔几天就派车把垃圾拉走,否则,垃圾多了堆成山,杨老帮就弄不过来了。

有一天,那个大城市的领导来到清水县,给县里带来了几百万元的资金,让县里专门用来治理河水污染的。领导就想沿途看看这河水到底怎么样。书记县长就陪着领导沿着河水走,走着走着,领导的眉头就皱起来了。县委书记和县长就看见那河水越来越浑。他们心里明镜似的,为发展经济招商引资,这上游建了几个选矿厂,那水就浑了,按理说,下游建了水库,上游是不允许建有污染水源的工业企业的。领导也不说话,车继续往前开,走着走着,领导的眉头舒展起来。县委书记和县长就看见那玉带河的水清清凌凌的,让人心里也干净。

又走了一会儿,领导就看见了杨老帮。杨老帮正站在河边往外捞垃圾呢。

领导立即高兴了,就下车来到杨老帮面前。

领导问:"老乡,谁让你这样做的?"

杨老帮答:"没人。我自己要这样做的。"

领导来了兴趣,又问:"为什么要这样做?"

杨老帮答:"就为一个人。"

领导忙问:"为谁?"

杨老帮答:"一个戴眼镜的人,他让我喝了他办公室的水,他还告诉我,那水是我们这河里流过去的。"

领导有些莫名其妙，就说："你详细跟我说一说，到底是怎么一回事儿。"

杨老帮就把他那天在城里的遭遇跟领导说了一遍。

领导好半天没有言语，只是揉了揉眼睛。

领导突然伸出手来，握住了杨老帮粗糙的大手。领导说："我代表那个眼镜同志好好谢谢你！那个眼镜同志是个好市民，你更是我们的好市民！"

领导走时，对陪同的清水县县委书记和县长说："贵县有这样的老百姓，可真是你们的好福气啊！"

后来，那个领导又来过一回，是给杨老帮颁发"荣誉市民"证书的。而且，领导还给杨老帮这个村带来了许多捐款，用来资助村里保护玉带河水源、绿化荒山的。

杨老帮无论如何也没有想到，他会成了那个大城市的"荣誉市民"，会和那个大城市有如此密切的联系。

杨老帮想：把他和那个大城市联系在一起的，就是这条小河啊。

很好的一条小河。

傻子的村庄

孟宪歧

村庄很美丽。山,奇形怪状的,美;水,清凌凌的,美。

美丽的村庄,出了美丽这个姑娘。谁也没有想到,村庄因为有了美丽姑娘而改变了。

那年,十九岁的美丽走出了村庄。

美丽是因为村庄偏僻贫穷而走。

美丽走那天,被傻子给拦住了。

据说,傻子小时候不傻,后来发烧,烧坏了大脑。傻子爹出车祸死了,娘嫁人时带着他,可傻子偷偷又回来了。傻子说话只会说一个字,傻子爱干净,家徒四壁,却连个草刺都见不到。

傻子双手一伸说:"回。"

美丽说:"不。"

傻子固执地说:"回。"

美丽固执地说:"不。"

美丽走了。傻子号啕大哭。村庄的人不明白傻子为啥哭得那么伤心。

三年后,美丽回来了,成为少妇的美丽比原来更美丽了。让美丽锦上添花的是一个比美丽大二十岁的画家。画家很有钱,给村庄的家家户户都买了很贵重的礼品,给美丽父母的礼品更是重中之重。

画家一下子就平息了村庄的愤怒。

傻子也收到了同样一份礼品。

画家在村庄待了半个月，他对大家说："我会给大家带来幸福的。"

画家说这话时，看看美丽，美丽就小鸟依人般靠在画家肩上。

果然，画家走后，就有推土机隆隆开进来，村庄修上了水泥路，一直伸进大山深处。先是有人来玩，说这里真美，而后有许多青年男女来这里写写画画。

画家原来是一所学院的院长，他把村庄变成了他的学生们写生的基地了。

村庄里来的人多了，就得吃饭呀。有人开了家庭饭店。

最先开饭店的是村支书。村支书跟画家签了协议，要把村庄变成最美乡村农家游。

来的人越多，开饭店的人也越多，几乎家家都热闹起来。

小车如潮水般，一拨一拨的人来，一拨一拨的人走，来时大包小包的，走时轻手轻脚的。

村里人都高兴。

只有傻子一人不高兴。

傻子成天嘴里嚷一个字："脏。"

大家都忙着挣钱呢，谁还管小溪里漂着垃圾袋，草丛里扔着鸡骨头，甚至脏兮兮的手纸卫生巾呢。

傻子有了营生，天天捡垃圾，矿泉水瓶子、饮料盒子、塑料袋、餐盒，还有扔掉的面包火腿肠。傻子背一个大麻袋，就像一个蜗牛背着一个重重的壳儿，吃力地行走在沟坡谷地。每天把这个大麻袋送到镇里的收购点，来来回回走十里。

收破烂的说："那些手纸啦，卫生巾啦，塑料袋啦，我们不要。"

傻子就把剩下的半麻袋东西背回来，放一把火烧了。

很快就有人跟傻子抢破烂了。

这些人专门捡能卖钱的。

傻子每天只能捡到一些废纸、塑料袋、手纸、卫生巾之类的,卖不了,天天烧。

村支书很生气,就在大喇叭里嚷嚷:"大家不要跟傻子抢饭吃。谁再抢,就把谁家的'星星'给摘了。"

家家都有五颗星,谁家少一颗,寒碜呢。

有一回,美丽回来,傻子就把一麻袋垃圾放到了美丽面前,恨恨地说:"脏!"

美丽赶紧捂住鼻子、嘴,掉头钻进屋里。

傻子悻悻地把麻袋又背走了。

后来,画家来到村庄,这回没有带美丽,而是带来一个比美丽年轻比美丽还漂亮的女孩。

画家是来和村支书签协议的。画家负责投资,村支书负责管理。

临走时,傻子把一大麻袋垃圾放在了画家小车的车盖上,小山一样。

傻子喊:"脏脏脏。"

那个姑娘掩住鼻口直恶心。

村支书拉住傻子说:"小二,别闹了,听话。"

村里只有村支书把傻子叫小二。

傻子很听支书的话,就使劲儿瞪了画家一眼,把麻袋背走了。

傻子出事是在一天下午。

傻子背着大麻袋,像背一座山,缓缓往前走。村支书去镇里办事,刚好追上傻子。

这时,一辆小轿车快速开过来,就见傻子跟一只大鸟一样飞了起来,又"噗"的一声落在地上。

傻子七窍出血,死了。

开车的画家傻了。

村支书急了。村支书哭着说:"乖乖,你惹大乱子啦!"

傻了的画家连忙说:"支书,你快救我。"

村支书说:"小二这孩子挺可怜的,没爹没妈的,村里人不让你。"

画家说:"我愿意多赔偿。咱就私了吧。"

画家给了傻子三十万赔偿金,还给傻子买了上好的棺材,很隆重地给傻子下了葬,给傻子立了一块很高的石碑。

村支书跟大家说:"小二的这些钱,就叫傻子基金吧,专门用来奖励保护咱村环境的人。一家出一个人,共同管理,专款专用。"

村庄没有了傻子,依旧干净。

美丽从城里又回到了村庄。

美丽准备在傻子家的原址上建一处"老年人之家"。

美丽推开傻子落满尘埃的屋门,看见了当年她和画家送给傻子的礼物,完好无缺地放在那里。

美丽无言,唯有泪水挂满两腮。

那年,美丽因为与父母吵架,想跳崖,是傻子救了她。

根雕王

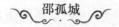

邵孤城

　　最近,从美国传来一则喜讯:中国根雕艺术大师王仰止的作品《白龙戏珠》在美国国际艺术大展上折桂。消息在国内一传出,立即产生了巨大反响,北京、上海的展览馆纷纷致函要求展出这件惊世之作,大小媒体更是不遗余力大肆炒作。

　　英国富商华威先生在北京见到《白龙戏珠》时,竟脱口而出一连七个"绝"字。他激动地一把握住王仰止的手说:"王先生,你开个价吧,无论如何我要把它买下来!"王仰止深藏不露地微笑:"华威先生,咱们还是约个时间再详谈。"据说,他们达成了一个近乎天文数字的协议。

　　可是,当华威先生美滋滋地准备交易时却发现,王仰止失踪了,好像人间蒸发了。

　　省电视台资深记者陈谷认为王仰止一定是回到了虞城,向虞城的同行一打听,王仰止果然回到了家乡白龙潭。为了披露王仰止神秘失踪的幕后故事,陈谷带上摄制组驱车前往白龙潭。

　　白龙潭是个小村庄,村北有山,村南有湖,这里依山傍水,风光旖旎,拥有得天独厚的自然景观。陈谷刚到白龙潭,就被眼前的一幕震住了,只见村北数丈高的山崖峭壁上,一个山民凌空悬住,手握一把小锄,不时在岩缝里刨几下,然后从口袋里掏出什么塞进去。陈谷向路过的村民打听:"他在干

吗呢?"

"种树。"

陈谷这才恍然大悟:"不错,当作专题片的片头蛮抓人的。"他忙让摄影师把这一幕给拍下来:"这人是谁啊? 这么不要命。"

"王仰止呀,大名人呢!"陈谷大喜,别人踏破铁鞋无觅处,他却得来全不费功夫。这王仰止悬崖种树,绝对是个爆炸性新闻。

王仰止种完树,顺利落了地,却已经是气喘吁吁,一下瘫软在地。陈谷忙让助手送上矿泉水,王仰止也不客气,一阵牛饮。陈谷伸出手:"王先生,我是省电视台的,想对你做个深度采访,还望王先生支持。"

王仰止站起身来,径自走向摄制车:"走吧。"说完,拉开车门,先坐了进去。陈谷一头雾水,问:"上哪儿?"

"县城。作品都在工作室。"

车子停在城乡结合部一幢破旧的平房前,只见满院全是各式各样的树根,让人眼花缭乱。陈谷问:"能否拍一下王先生的获奖作品?"

王仰止一指地上的根雕残片:"全在里头。奖杯在门后。"

陈谷跨到门后一看,只见一堆玻璃碎片,依稀可辨鎏金的洋文。陈谷一下子惊呆了。

"奖金全买了树种,自罚种树三年。很抱歉,让你们失望了。"王仰止说完,抓起墙角一个挎包,做了个送客的动作。

陈谷长叹一声:"为什么,这是为什么?"

"前些天华威先生也这样问我,你看完这封信也许就明白了。"王仰止递来一封信,陈谷接过来就迫不及待地看起来——

仰止吾儿:

你出名了,上了电视上了报纸,风光是风光了,可你知道村里有多少人在骂你。白龙院里老祖宗传下的拴龙桩也让你挖去换奖了,那是咱白龙潭的根啊,那是保佑咱老百姓风调雨顺的神啊。这些年你迷上了根雕,可你祸害了多少树木,这是多大的罪过啊……

车站鹰雕

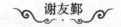

谢友鄞

　　第五等火车站的站长，在站台上溜达。大碱滩白雾蒙蒙，没有青草、树木，没有野兔、狐狸、狼，更没有人家。只有一个小站，地图上没有它的名字，过往旅客不知道它的名字。客运、货运，是四等以上车站的活儿。五等站，就是监视车辆有无异常。列车呼啸而过后，露出荒凉的大碱滩，剩下风雪山神庙样的小车站。

　　站长想着心事，把舌头吐出来，舌尖颤抖，眼皮颤抖，像个边民。上行和下行调度，都以站长的姓名直呼其站，在中国，大概只有这一家。站长笑了。你的东面沈阳，西面阜新，北面库伦旗，南面新立屯，都是人烟鼎盛之地。你驻守一方，手里有枪，尽管是杆猎枪，但有国家颁发的持枪证。除铁路警察外，就是特等站站长，也无权拥有一支枪。你够威风了！大年初一，铁道部副部长、副省长，乘直升飞机降临小站，给你和你的部属拜年。部长摆炕桌，省长夹饺子，以水代酒，敬你。领导们登机前，一齐向你敬礼。站长，你可以了！

　　年后，省卫生防疫站专家赶到这里，抽取地下水化验后，明确告知，水质含氟量奇高，不能饮用。没有合格水源，不允许建立车站，但车站死撑在这儿，半个多世纪了。

　　站长刚上任时，用碱地水洗衣裳，衣服如同麻袋片，穿在身上硬撅撅的。

用碱地水煮饭,大米变成红色,高粱米黏稠稠似血。第一次喝下一碗苦涩的碱水,走不出多远,便恶心、呕吐,心肝肠肚肺翻搅,肚子发酵,像要爆炸! 全身抽搐,仿佛墓碑一般轰然倒掉,俗称"百步倒"。

就在站长快扛不住的时候,女孩来了。她离开大碱滩外的村子,朝车站走来。她听说南边有个火车站,来瞧稀罕景。她没有发现,身后悄悄跟着一只狼。狼和她一样,离开自己的领地,从草原闯进大碱滩。一只猎雕在天上盘旋。北面村子有许多猎户,鹰雕是他们的好猎手。这时候,女孩只看见前方苍凉的车站,饿狼只看见前面的活人。猎雕收拢翅膀,没有风声,连影子都没有落在地上。它看见死神的阴影罩住女主人,它能提前嗅到死亡的气息。猎雕急了,急剧俯冲,"轰"的一声,炮弹出膛般砸向狼,气流呼啸,把狼冲得飞起来。猎雕撞在砾石上,翅膀折伤,在地上扑打。狼蜓身一闪,与猎雕面对面,停住了。猎雕抬起一条枯枝似的腿,把头插进翅膀里,羽毛簌簌抖。狼龇牙狞笑,飞贼,害怕了?! 投降了?! 狼扭歪的头僵住,猎雕擦完喙,耷拉着翅膀,迈开长腿,朝它走来。狼不会站起来,不能像人一样迎上前。狼愣住了,犹豫一下,猛醒似扭身要逃。猎雕呼啦啦一纵,扑在狼身上。仰面翻倒的狼,四肢拼命抓挠,一爪子抓住猎雕眼睛,撕扯得眼皮刺刺响,鲜血飞溅。猎雕疼得哇哇叫! 狼从猎雕抽搐的身体下爬出来,仓皇逃窜。女孩扭回头,惊呆了,扑过去,抱起猎雕,奔向车站。

站长在站台上,看见女孩脸色煞白,怀里的鹰雕眼睛流血,心里一惊!

女孩问:"谁是站长?"

"我是。"

"厨房在哪儿?"

"做啥?"

女孩撂下猎雕,冲进站房。站长跟进去。女孩四处撒目,朝站长比画,说:"盆。"

站长问:"做什么?"

女孩一跺脚:"啊唷! 水,水。"

站长带她穿过休息室，火炕上，摆着站长的行李卷。走进厨房，女孩抄起黄铜脸盆，舀满水，摘下条毛巾，噔噔噔跑出去。女孩湿一下毛巾，哭着，跟鹰雕说话。鹰雕温顺地低下头。女孩给鹰雕洗羽毛，洗腿把子，洗爪子的泥垢。女孩又换盆水，给鹰雕洗脸，鹰雕的金色眼睑在阳光下熠熠生辉，眼皮翻裂，渗着血。女孩用湿毛巾擦血，鹰雕猛地弹直身体，羽毛钢针般展开，疼得嘎呀嘎呀叫，轰地飞起来。鹰雕没头没脑地在空中踅绕、翻腾，痛苦地嚎叫！

女孩吓坏了！她不知道，鹰雕眼睛瞎了。站长恍然大悟，说："啊呀，这是碱水，杀的。"

女孩朝站长叫嚷："混账！你咋不给我好水？"举起铜脸盆，朝站长砸去。

…………

女孩知道了，这里没有好水。可是，站长告诉她，早年，大碱滩上有一条河，河上能行船。行船时，须护生。船上的人，不许伤害落在船上的鸟类，不许伤害船上的老鼠。有位船主，喝酒吃饭时，老鼠溜过来，两只爪子扒住菜盘，鼠须抖颤，像个老爷子。船主恼了，一脚将老鼠踢飞进水中。船主喝得醉醺醺，站在船头撒尿，掉河里，淹死了。空船上剩下一碗饭，一盘菜，祭奠似的向下游流去。河水流光，才有了这条铁路，这个小车站。

女孩笑道：才有了你这个站长。

站长笑道：才来了你这个女孩。

从这以后，女孩用骆驼给车站驮水。车站上的人，喝了运来的好水后神清气爽。一个地方的水，就是那个地方人的血脉、筋骨和精气神儿呀！

你看，女孩牵着骆驼，回来了。北边地平线上，红彤彤的落日里，驼头高昂，驼颈弯曲，驼腹两侧水箱墨黑。女孩走出红日，红日探头探脑为她送行，一只鹰雕悠然扇动翅膀为她送行。

一轮美丽如歌的红日、一峰雄壮的骆驼、一只威风凛凛的鹰雕、一个漂亮的女孩，将天地装饰得灿烂辉煌！

复仇的牙齿

许 行

他抱起肉乎乎、毛茸茸的小狼崽,这简直就是一团肉、一团温暖。多招人喜爱呀。

它也许刚生下来只有一两个月,但它眼睛闪亮,还叼着母狼的乳头。母狼为保护小狼崽刚被猎人打死不久,乳头上还有奶水能流进狼崽的嘴里,小狼崽仍紧抱着还有体温的母狼。

母狼未闭上眼睛,还在深情地瞅着小狼崽。它多么舍不得小狼崽,它怎能就这样离去啊!它死了,小狼崽可怎么活?它一千个一万个不放心,可又一千个一万个无奈,它还是倒在猎人的棒子下了!它终于没能在自己死亡前把小狼崽叼走,现在死了仍瞅着崽子闭不上眼睛……

那暗绿色的目光,既温柔又残忍,它有母爱也有凶残,它要保护它的生存和繁衍。

小狼崽望着没了奶水、体温渐凉的母狼,眼角上还挂着泪水,它望着母狼不住地嗷嗷嚎叫,这一动人的情景,尽管是打了这么些年狼的老猎人,也禁不住有点儿黯然神伤。

老猎人也很喜欢这个小狼崽,这是一条鲜活的生命。但抱起它来,它还抓着母狼不愿离开,直往母狼怀里扑。

老猎人十分爱怜地把小狼崽抱回去放在狗窝里,正好母狗刚生了一窝狗崽,和小狼崽差不多大小。开始它不太合群,后来在饥饿催逼和奶水的诱惑下,它终于认了母狗这个奶娘……

小狼一点点长大,有了不同于狗崽的两颗大牙,很长很光。狗崽不能吃的硬东西,它都能吃,特别喜欢啃骨头,这也使它长得又壮又快。没有事它就经常啃猪槽子、马槽子,似乎不为寻吃的,而只为磨牙。老猎人看了不由多一个心思,他想:狼的后代,跟狗就是不一样。

小狼崽一点一点长大了,它似乎总想往外跑,可是又不愿离开这个遮风避雨、有吃有喝的狗窝。它似乎觉得自己还嫩点儿,生活也没有给它太大的本事。

小狼崽的牙齿比起狗崽的长得又尖利又坚硬。它常常把小猪崽叼起玩,吓得小猪崽看见它就跑开……

小狼崽长大了,常常往外跑。一天它又跑了,老猎人出来到处找它也未找到。后来找到了山冈上,小狼正用爪子往下刨土呢,老猎人不由心中一震,这不是原来打死老狼的地方吗? 可老猎人还是很爱护地拉住小狼说:"跑这儿干啥? 走,回家去。走!"

小狼一声也不吭,一下子扑在老猎人身上,两只前爪搂住老猎人的双肩,一口咬住老猎人的咽喉,咬得死死的,两只大牙已深入气管,一点儿也不松动。鲜红的血顺着老猎人的胸脯流了下来,老猎人瞪大了眼睛看着小狼,露出万分痛悔的目光。但这一切都已经太迟了! 太迟了! 小狼磨快了的复仇牙齿,毫不留情地决定了这个生死的瞬间。

天没有一丝云,大地跟老猎人一起死去,只有小狼迈着痛快的脚步向大山林深处走去……

那里才是它的家呀! 生活就是这般残酷而又自然。

墙壁上的微笑

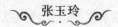

张玉玲

　　一只手柔柔地抚过我的身体,我知道是她来了,我嗅到了她身上淡淡的香味。我摆动着身姿在心里说,知道你会来,我一直都知道。

　　第一次看到她时,她正挎着相机带着几名小学生走过这林间。她是从上海来山区小学支教的一名老师,也是一位热爱生活的植物学研究者。那天,她带着学生来采集植物标本。当经过我身旁时,她用惊讶的眼神看了我许久,然后举起相机对着我按动了快门。那时候我就知道我们之间会发生点儿什么。果然,那之后,她每天都要来看我。她波浪一样的长发总是用一条淡蓝色的丝带束在脑后。她走到我的身边,打开一个黑色的肩包,从里面拿出各种仪器,有的悬在空中,有的插入土壤里,然后在一个淡粉色的硬皮本上认真地记着。我看到她额头上挂满了细密的汗珠。

　　每当她来时,我便和身旁的伙伴舞在风里,舞出了一串串笑声,舞得空气中都是淡淡的香气。她深深地吸一口气微笑着,却掩饰不住眼睛里的一丝隐忧。

　　随着时间的推移,我头顶上高大的树木在渐渐减少,这使周围的空气越来越干燥,干热的风总会让我呼吸困难。这对于只能生活在温暖湿润的地方且不能承受全光照的我来说,是致命的威胁。她总会提来一只红色的小桶,把桶中的水均匀地洒在我的周围,瞬间,我便感觉浑身透着清爽。

久旱后终于等来了一场雨。风雨中,她打着一把粉色的伞,淡蓝色的丝带束着的长发随着白色风衣的衣袂摇曳在我的面前。"好美!"我说。但我分明听到她也在说:"好美!"我看到她眸子里有光,碎玉一样洒在我的身上。

我周围积了大量的雨水。她抬头看看灰蒙蒙的天空,眼中透着焦急。雨没有停的意思,而过多的浸泡会使我的身体腐烂。她用铲子在离我远一点的地方挖出一个坑,然后把我身旁的水引向那里。她不停地挖着,我看到雨水打湿了她发上淡蓝色的蝴蝶,有殷红的血从她的指间渗出。

大自然依然肆虐着这块土地,我身旁的伙伴一个个没了踪影。空气和温度越来越让我无法忍受,强光照射总让我头晕目眩、呼吸困难。

那个听不到蝉鸣的夏日午后,太阳的强光直射在我的头顶。她飞一样向我跑过来,头上的丝带在奔跑的途中被一条枝桠挂掉了,风抚乱了她的长发。她是那么美,但我却无力欣赏了。她跑到我的身边,用手扒开我脚下的土地,发现我的脚已腐烂,我的身体在强光下开始慢慢枯萎。我看到她的脸色更加苍白了。

随她一起跑来的,还有一个帅气的男人。男人捡回了她遗落的丝带,扶她坐在我的身旁,很仔细地重新为她束起长发。男人说:"你这次必须跟我走。"她用手轻轻地抚着我瘦削的身体说:"可是我不能丢下它,我必须留在这里照顾它。"男人焦急地说:"你不能再错过这一次治疗了。"我看到她眼中溢满了疼痛和不舍。男人也看出来了。

男人拿出照相机,调出相机中的我举在她的面前说:"我会把它装在镜框里,挂在你床头,这样,你每天都能看到它了。"而我,在她的相机里是那样的生机盎然,我想这应该是我最好的生存方式吧。

她轻轻叹口气,再次用手柔柔地抚过我干枯的身体。在他们离开几天后,我便倒在了一个农妇的砍刀下。

我是这林中最后一株夏腊梅。作为花,我深知自己生活的意义,我总在努力让自己活得独特,活得更有价值。我的独特在于我一反众腊梅隆冬腊月开花的习惯,偏偏把芬芳撒在初夏,这让我成为一种最珍贵的观赏植物。

我的价值在于我对植物的研究和学术探讨有极其深远的意义,我早已被列为国家二级保护珍稀濒危植物。但在一个农妇的眼里,快要枯萎的我,更像一束薪柴。但我知道,即使我没有成为薪柴,也会枯死在这日渐荒凉的丘陵。环境造成了我的宿命。

我没有落泪,更没有感到疼痛。我为什么要落泪?我已被那个帅气的男人装在一个非常漂亮的镜框中,挂在她床头的墙壁上,我每天都看着她躺在雪白的床上,认真地在那个淡粉色的硬皮本上记着什么。那个淡粉色的硬皮本后来被男人送到了上海植物研究所,它的扉页上写着:"愿人间永远有夏腊梅花绽放!"

那个叫白血病的魔鬼,早已夺去了她波浪似的长发,那条淡蓝色的丝带,被她做成蝴蝶结,静静地挂在我的头顶,这让镜框中的我更添了几分生机。一天,她目光柔柔地落在我的身上,我听到她用微弱的声音说:"等到了那一天,请把我的骨灰撒在这株夏腊梅生长过的地方。"有泪在我的眼中,但我依然在墙壁上露出我最美的微笑。

去看一朵雪花

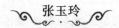

张玉玲

　　小城已经有一百多年没有看到一朵雪花了。

　　老人们搜寻着遥远的记忆说："那时候听我奶奶说，雪下得真大，树上房子上到处是雪，他们跑在雪地里，踩在雪上发出咯吱咯吱的响声，真是美极了。"

　　孩子们像听天书一样，他们不相信这个地方曾经下过雪，因为他们从来没有看到过一朵雪花。

　　"是真的。"老人们瘪着没牙的嘴，摇着头，他们觉得现在的孩子们真是无知，竟然没有听说过雪花的故事。不过真是好久没有再听到过雪的故事了。末了，老人们又惋惜地叹一声。

　　在老人们的记忆中曾经有这样一个故事让他们难忘，是很难忘。欧阳雪晴，对，就是这个名字。他们小时候常常听自己的爷爷或者奶奶说起这个名字。

　　欧阳雪晴是小城最美的女子，她总是喜欢着一身雪白的外衣，把自己像花一般绽放在阳光下，绽放在每个人的目光中，当然，也绽放在黑衣人的眼前。黑衣人是这个城市的首领，也是这个城市无所不能的智者。据说，只要他想做的事情，没有做不到的。这个小城的人都相信，特别是那个冬天过后。

在秋天即将结束的时候,小城最美的女人欧阳雪晴成了黑衣人的女人,欧阳雪晴在黑衣人的身旁,轻轻地娇嗔一声,她想要的便没有要不到的。

突然一天,欧阳雪晴走出门,发现流过她指间的风是如此冷,让她着白纱的美丽身躯微微颤抖了一下。欧阳雪晴不高兴了。她袅袅婷婷地来到黑衣人的面前,她说:"亲爱的,外面的风好冷好冷,我已经受不了了,你要帮我想想办法。"

对于冷这个问题,黑衣人是有办法的,可是这是自然规律,自然中的一切对人类都有着必要的好处,是不能轻易改变的。他不去改变,欧阳雪晴就不愿意了,她把雪一样冰冷的面孔摆在他的面前,就把黑衣人的快乐给封冻了。黑衣人受不了了。但黑衣人是城市的首领,他是要为整个城市着想的。

欧阳雪晴就拉着黑衣人走出门外,走在城边的湖水旁。那时候冷风从湖面掠过,欧阳雪晴指着不远处正在拍婚纱照的女子们说:"你看你看,女人们都喜欢穿最轻薄最漂亮的衣服,可是这样的冷风让她们怎么受得了?"

顺着欧阳雪晴的手指方向,黑衣人果然看到瑟缩在冷风中的女人们。

"那好吧。"欧阳雪晴为自己的要求找到了理由,也为黑衣人改变城市的自然环境找到了理由。

黑衣人走进他的研究室,在冬季的第一场雪飘落的时候,他才走出门外,他用手接了一朵雪花,放大了保存在他准备好的暗室里。后来,一个人们叫不出名字的巨大物体挂在了城市的上空。城市不再有冷风吹过,萧索的枝头很快又长出了绿叶,冬眠的虫子又开始吟哦。小城的人们因不再被寒冷侵袭而欢愉着。最快乐的是欧阳雪晴,如今她不仅能享受温暖的空气,还在享受着小城人的爱戴。谁都知道,是她让黑衣人把小城变得如此温馨美丽的。

可是好景不长,长久的温暖滋生了大量的细菌,小城人接连不断地陷入各种疾病带来的恐慌中。智慧的黑衣人早料到了这一点,但他不能让欧阳雪晴不开心,如今他让事实来证明自然规律是不能改变的。欧阳雪晴果然来求他了,求他让一切都回到从前,她说她不再怕冷风了,她说其实那些女人和她一样也不怕冷风。黑衣人哈哈大笑,然后开始实施他早准备好的计划。

黑衣人收起了挂在城市上空的巨大物体。根据断定,三天后就能回到从前。

可是从来没有失败过的黑衣人这一次失败了,三天后天气还是温暖如春。接下来的三年中,天气依然是温暖如春。再接下来的三十年——直到一百年后的今天,天气依然是温暖如春。这样的温暖中,人们舒适的同时,也想尽各种办法来杀死层出不穷的各种细菌。这样的天气,让雪花如 E 时代的恐龙般,成了一道传说中的风景。

"走,去看一朵雪花。"小城的人们今天特别兴奋,雪花纪念馆开始对外开放了,那里存放着一百多年前黑衣人精心保存的一朵雪花。人们看到那朵雪花晶莹剔透,精灵一般。人们说,这个黑衣人真是个伟人,他为我们留下了一道最美的风景。

向往一千年后

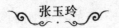

张玉玲

于言是个非常有思想的人。

在市政府召开的一次大会上，于言发言说："我们的社会正处在飞速发展的时期，在科学创造一切的今天，没有什么是不可以的。但若不注意环保问题，一个时期后，人类的生活将没有什么是可以的。"

领导听了这些话，当即任命于言为环保局局长。领导还拍着于言的肩膀语重心长地说："这一方百姓未来的生存环境就寄托在你的身上了。"

由于工作的需要，于言局长的办公室就设在环保局三十二层楼上，有直升电梯专供于局长和他的秘书行走，其他人一律走另外一个电梯。三十二楼是环保局最高一层楼，也是本城的最高处。

当上环保局局长的于言工作非常认真尽职。他的办公室四面墙上有四个大窗户，于局长每天上班最重要的一件事情，就是拿着高倍望远镜，观察小城的环保情况。

有人预言，我们若任由目前的环境状况恶化下去，一千年后，地球上的人类将会像白垩纪时代的恐龙那样因为环境的过度污染而消失。这种说法传出来后，于言肩上的责任就更大了。于言为自己制订了工作计划，把每天的工作分成两大步骤：观察和行动。于言说："要先搞清楚问题之所在，才能确定解决问题的办法，才能更好地解决问题。"

于言的确是个有思想的人，他站在窗前凝视着城市的上空说："生态环保是全人类的首要问题。"所以，于言不仅自己把工作做得很到位，还常邀请各地环保部门的领导开研讨会，目的在于让全人类都把环保问题放在第一位。

于局长的确做得非常出色，在他的观察和行动两个工作步骤严谨而顺利的进行中，在他倡导的一次次研讨会后，我们抬头，便看到湖水一样净蓝欲滴的天空，看到满眼的青绿，养心养眼，也养智慧。

不久后又传出新的预言，说照此下去，我们的生态环境将在一千年后呈现出另一番景象：处处是鸟语鲜花，氧气中将会带着一种淡而奇异的香。最重要的是，由于环境的美好，人类的外貌特征也将呈现出最美好的一面。也就是说，男人都是各种各样的帅，女人都是各种各样的美。

于局长是个有思想的人，也是个有能力的人，他的生活是美好的，但唯一不美好的是，于局长总觉得自己的外貌不尽如人意。所以，生活美好的于局长看着眼前走过的帅哥靓女，就对那新的预言充满了向往。

不久后又有新的论断，说经过研究发现，在地壳中有一种叫作"錾"的元素，用它能研制出一种药液，这种药液只需要一滴，便能使一个人的寿命延长一千年，而这种药液也只能研制一百滴，是要给为人类做出重大贡献的人的。由于于局长为人类环保做出了重大贡献，这药液自然有他一滴。

这种药液的研制要经过一个非常漫长的过程。"錾"这种元素的提炼非常不容易，需要投入大量的人力物力，进行大面积的开采。知道了这种情况，多数能得到这种药液的人都放弃了自己的特权，但有少数像于局长那样对未来社会充满向往的人，依然坚持要得到自己的特权。

经过若干年后，这种药液终于研制成功了。于局长小心翼翼地把药液放入嘴中，非常谨慎地吞咽下去，然后闭着眼睛想象千年后的情境。他闻着空气的淡香，发现自己变成了最帅的男人，而身边站着的，正是一个最美的女人。

"这是真的吗？这真的是真的吗？"于言兴奋地把手伸向了那个深情地

望着他的最美的女人……

　　突然觉得背后被什么东西打了一下,他转过身子,发现人们手中拿着臭鸡蛋、土块之类的东西向他砸来。他听到人们都在说:"为了给你们研制什么破药液,看把我们的生态环境破坏成什么样子了。"

　　于局长向四周看看,四周是一片黑,连人的脸都是黑的。

　　于局长惊出了一身冷汗。

　　惊出了一身冷汗的于局长醒了,他发现自己正躺在环保局局长办公室的大沙发上,做了一个有着美好向往却没有美好结局的梦。醒过来的于局长,推掉了化工厂厂长的邀请。

　　从此后,于局长更加重视环保工作,工作中对可能造成重大污染的厂矿,手腕尤其强硬。这些厂矿的领导人后来都知道,无论你有多大的后台,也无论你会出多少血,只要你的环保工作做得不到位,你就永远也别想过于局长这一关。

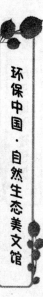

从乐园飞往乐园

蔡 楠

我是鸟。也许我是白鹤灰鹤丹顶鹤，也许我是白鹳黑鹳白天鹅，也许我是夜莺大鸨秋沙鸭。我是鸟。也许是雄鸟，也许是雌鸟；也许是一只鸟，也许是一群鸟。我觉得这都不重要，重要的是我是候鸟，我离不开飞翔。

我们选择了南大港湿地作为漫漫长途的驿站。我们逐水草而来，我们循春风而来，我们在这里留下翩飞的俪影，我们在这里洒落嘹亮的鸣唱，我们在这里培植爱情、繁衍后代。我们因湿地而精灵，湿地因我们而著名。

然而，鸟与自然、与人类并不是一贯和谐的。狂风骤雨、冰雹霜雪等自然灾害有时会造成鸟类的自然死亡，但这还不是主要威胁，我们最大的敌人一度却是万物之灵——人类。我们是鸟，有的人喜爱，有的人呵护，也有的人以猎杀猎捕我们为乐。曾经有一些时候，猎网、猎枪、猎夹、陷阱布成地网天罗，处处窥视、觊觎着我们，令我们防不胜防。我目睹过我的同类成为笼中、网中的猎物，成为枪下的幽魂，成为鸟类交易市场上的商品，成为人类酒宴上的牺牲品……这幕幕惨剧曾让我一度视湿地为牢狱，为灾难之地。在我两岁的时候，我也被双管猎枪击中翅膀，就在那条古老的贝壳堤上，我的血染红了身下的蒲草……

是一个放风筝的漂亮女孩把我救了。她把我抱回家中，请做医生的父亲为我治好了伤口，又把我送到当地政府修建的公园里。这个孩子爱鸟护

077

鸟的故事很快就传开了,还上了当地的晚报。

就在放我重归蓝天的仪式过后不久,当地政府成立了湿地和鸟类自然保护区,爱护湿地保护野生动物被提上了重要议事日程。这里取缔了鸟类交易市场,收缴了猎枪,发现捕杀鸟类的行为课以重罚,国家还投资七百万元购买黄河水注入湿地,并建立了绿色保护林带,清理湿地周边的污染源。湿地重新成为鸟类的乐园。

后来的消息更令我们鸟类振奋。国际社会缔结了《湿地公约》,有了世界湿地日,有了世界爱鸟日。南大港湿地也先后被定为省级自然保护区、国家级自然保护区。鸟是不分国界的。我们是大自然的重要成员,是农林牧业的卫士,是人类的朋友,保护我们就是保护人类的家园,就是保护人类自己啊!看来,一场全球性的保护湿地、保护鸟类的工程已经开始了。我们能够更好地飞翔了,我们能够更快乐地飞翔了,我们能够为净化世界环境而幸福地飞翔了。我们还有什么可忧虑的呢?

就在又一个世界爱鸟日到来的时候,我再一次飞到了南大港湿地。此时我已经进入了壮年时期,我成了一支候鸟队伍的头鸟。我的身后飞着我的家族,我的子孙们。我们停留在湿地那块六千一百八十二公顷的核心区域,我们栖息在一个护鸟老人的房子上,房子正面写着两个大字——爱鸟,背面也写着两个大字——爱鸟。此时春风浩荡,阳光媚艳,芦苇碧绿,勃发着抑制不住的澎湃生机。我向我家族的每个成员讲述着这块湿地的历史,讲述着人们爱鸟的美丽故事,讲述着候鸟们迁徙的艰辛和飞翔的乐趣,也讲述着湿地逐渐成为鸟类乐园的变化进程,我甚至用歇了一冬的嗓子吟唱了一句古诗:候鸟枝头亦朋友,芦苇水面皆文章……

我的鸣唱赢得了大家的合唱。那是我们自由的鸣唱,那是我们由衷的赞歌,那是从乐园里才能发出的独有的旋律。一时鹳歌鹤舞,景象万千。

之后,我双腿竖起,迎风舒展开健美丰硕的羽翼,开始了新一轮的飞翔。我家族的每一个成员也都紧随其后,飞离了湿地,飞向了蓝天。

就这样,一只鸟,或者一群鸟,从乐园出发,又向乐园飞去。

王蘑菇种树

蔡 楠

　　王蘑菇替自己准备好了一口棺材。他宁肯死掉也不愿意把双腿锯掉。

　　王蘑菇的腿有毛病。起初只是双腿感到麻木、发凉、怕冷、沉重；后来，就是剧疼难忍。他常常在田间咬紧牙关抱膝而坐，一把一把拧着曾经健步如飞的腿。这是怎么了？这是为什么？实在坚持不住了，他只好放下活计去医院检查。医生说他得了血栓闭塞性脉管炎，而且双腿开始发生溃疡，需要截肢。"不——"王蘑菇在病房里大喊，"我不，我还要靠双腿走路，还要靠双腿干活养活妻儿呢！"

　　医生只好给他打了一针杜冷丁。医生说："我只管你暂时不疼，但不管你以后不疼，更管不了你的生命。"

　　王蘑菇拐着双腿走出了医院，他在大街上喊道："我王蘑菇宁肯死掉也不把双腿锯掉！"

　　于是他在棺材铺订购了一口棺材。其实王蘑菇不想死，他期待奇迹出现。他四处求医找药，希望民间土法能够治好他的腿。但是奇迹并没有垂青王蘑菇，除了花费大量的药费外，就是愈发严重的病情。他的脚趾开始脱落，腿肚子的溃疡经久不能愈合，肌肉开始坏死。老婆和儿女们强行把他送进医院截了肢。

　　王蘑菇陷入了深深的绝望之中。为治病，家里欠了十多万元的债。孩

子们都已辍学打工去了,老婆也去了村办工厂给工人做饭。他趁老婆不在家,喝了老鼠药爬进棺材里,昏昏沉沉地睡了一天,却没死。老婆回家把他拖出棺材,狠狠地骂着:"王蘑菇你这个没良心的,死都不会死,你干吗给自己喝假药?"

死不了怎么办?那就得活下去。要想活下去,就得给自己找点活儿。只有干活挣钱还账才是活下去的理由。

王蘑菇请人在轮椅的后面做了个后备箱。他就滚动着这个特殊的轮椅出现在了大街小巷,出现在了城市公路两侧。他开始捡垃圾。废旧纸、破塑料、矿泉水瓶子……每天都能捡一后备箱。有了一点积蓄,他找到了村委会。他说:"古洋河大桥以北的堤坡不能再随便取土了,大堤都挖没了,要是来了洪水怎么办?我给咱看着吧!我也不要工钱,你们就和水利局的说说,我承包两千米的堤坡,种树,种速生杨,承包费照交!"

村里和他签了合同。王蘑菇就在苗圃场订购了树苗,带上了特制的镐头铁锹,爬到了堤坡上。他扔掉轮椅,摘掉假肢,露出了粉红的嫩肉。他摸着那肉,愣了一下神,然后就用绳子将空空的裤腿缠上。他就坐在了地上,开始挖坑。王蘑菇的手就成了脚。他坐在地上,一锹一锹地挖着。堤坡上都是胶泥土,坚硬得很。手又不能像脚似的那样去踩锹,他就把短短的锹把挂在肚子上,用身体的力量推动铁锹。肚子累了,受不了,他就换个方式,拿过镐头一下一下地刨。阳光照过来,还有风沙吹过来。王蘑菇的脸上有了汗有了土有了泥,汗水流下来,流到了嘴里,牙碜得不行;流到了地上,砸在新挖出来的土上,一砸一个泥窝儿。

坑挖好了,王蘑菇种上了第一棵树。他拎着塑料水桶,爬着去古洋河里取水。他的腿没了假肢的保护,嫩肉被胶土咯得生疼。那疼是坚持不住的疼。他用手去摸腿,前面失去了依托,人一下子就滚到了河沟里。灌满水,他拉着拧上盖子的塑料桶,一下一下地往堤坡上挪。手腿麻木了,他就用下巴磕着地,头带领全身继续努力蠕动。他的身后是一溜湿淋淋的红水印。爬上来了,他把水灌进了树坑。小树吸了水,不几天就冒出了嫩芽。王蘑菇也觉得自己真正地从棺材里爬出来,像小树一样,活过来了。

王蘑菇开始了长达八年的种树生涯。八番寒暑,他用坏了的铁锹有几十把,磨烂了的手套堆成了小山,两条曾经细皮嫩肉的残肢也长满了厚厚的老茧。堤坡成了他的家,也成了他的乐园。那里变成了一片树林。绿荫覆盖,鸟雀鸣唱。林下连着白洋淀的古洋河水,波平如镜,清澄透明,偶尔有鱼跃出水面,惊得蛙声一片。王蘑菇在堤坡的树林里爬着、走着、转悠着,他搂着粗大的树干,像搂着自己的儿女。

不,比自己的儿女还亲。树不让他生气,儿女却让他生气。这不,长大了的儿女带着一支砍伐队来树林里找他了。

儿女说:"爹,你看这树大了,该用来换钱了!"

王蘑菇把轮椅转过去,背对着儿女说:"咱们的债务不是你娘和你们都还上了吗?还急着要钱干什么?"

儿女说:"我俩在城里每人按揭了一套楼房,想用这钱交首付呢!爹,你看,这三千多棵树,最小的也值一百块呢!"

王蘑菇就又把轮椅转过来,看着已经成年的孩子们。他说:"种树的时候我是想有一天能用树换钱。可孩子们,现在我不这么想了。我一棵树也舍不得砍了,你们没看出来这古洋河、这鱼儿,还有这鸟儿,需要这样一片树林吗?还是留下吧,留下比砍了重要!"

儿女们早就和商家谈好了价钱,他们不砍就没有了面子,当然也没有了房子。他们就带着砍伐队绕过王蘑菇,向树林深处走去。

王蘑菇就扔了轮椅,立了起来,他觉得自己的双腿又健康如初了。他跑到人们的前面,大声喊道:"你们谁敢动我的杨树,我就动谁的脑袋,然后自己削下自己的脑袋,反正我的棺材早就准备了多年了……"

众人惊在了那里。他们看见一把磨秃了的铁锹攥在王蘑菇的老手上,寒光一闪一闪的。

老 狐

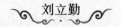

刘立勤

老枪说："打猎不要打老狐狸。"

老枪说："山里的动物，狐狸最好看。狐狸四肢短小，体型苗条，皮毛光滑，耳朵宽圆。尤其是那双眼睛，晶莹明亮，充满机灵，让人很是喜欢。狐狸还有那一条毛茸茸的尾巴，尤其让人心疼。"

可狐狸名声不好，书里、电影里都说狐狸坏，爱吃鸡。其实狐狸胆小，它很少下山吃鸡的。它喜欢吃鱼、蚌壳、老鼠、鸟类、昆虫类小动物，有时也采食一些植物。主要是人太小气，长了一张吃别人的嘴，却不喜欢别人吃他的东西。偶尔有动物吃了他们饲养的，或者是种植的什么东西了，他们就恨得不得了。

狐狸生得好看不说，皮也好。狐狸的皮毛细柔丰厚，色泽美观，性温耐寒，可制成反穿的大衣、皮领、皮帽、围脖、披风，穿起来高端大气上档次。

狐狸皮就值钱了，猎人喜欢打了狐狸卖狐狸皮。

狐狸不好打。狐狸胆小，喜欢夜晚出来活动。人们晚上却喜欢搂着女人睡觉，舍不得那个热被窝，狐狸这才出来寻找东西。狐狸机警狡猾，就是遇上了，人也难有得手的机会。再说了，皮货贩子对狐狸皮的要求很高的，有枪眼的皮子不值钱。所以，猎人还得有个好手艺。

老庞手艺好，他也喜欢打狐狸。狐狸皮太值钱了，他喜欢钱。手里有了

082

钱,家里的那个狐狸精就会看着他坏坏地笑,他喜欢狐狸精看着他坏坏地笑时那份感觉。

打狐狸最好是打狐狸的眼睛,从左眼进右眼出,不伤狐狸皮。可老庞说他下不了手。本来就不忍心,再一看见狐狸水汪汪的眼睛,再怎么狠心也下不了手。所以,老庞打狐狸不用枪。老庞打狐狸是下套,就是设下机关,用野鸡做饵——野鸡是关键,然后把狐狸套住。狐狸漂亮,野鸡好看,小狐狸看见野鸡在那里扑通扑通跳,还以为野鸡见了它激动呢,还以为自己走了桃花运呢。高高兴兴走上去,没想到那是老庞的圈套,狐狸再也走不出来了。这样一来,既套住了狐狸,老庞觉得狐狸也怨不得他,谁让你贪吃?

老庞用这种办法弄来了好多狐狸,而且都是小狐狸,卖了好多的钱,家里的老狐狸精常常抱着他像狐狸啃野鸡一样啃他,啃得他满脸得意。偶尔,他还把那小狐狸皮献给别人家的小狐狸精,别人家的小狐狸精抱着他也像狐狸啃野鸡一样啃他。

那可真是一个小狐狸精呀,啃得老庞得意得忘了形。

小狐狸精说:"狐狸真的生得漂亮?"

"真的漂亮,谁见了谁都喜欢。不然,人们咋把你们长得好看的女人叫'狐狸精'?"

他还说:"男人都贪色,哪个男人心里没有几个狐狸精?"

小狐狸精寒下脸,说:"好呀,你心里有几个狐狸精?"

"天地良心,就你一个人了。"老庞知道坏了菜,急忙赌咒发誓,女人还是一脸寒霜。说到最后,为了让那狐狸精高兴,老庞表态说他要到山上打一只老狐狸,想让她看看那老狐狸是如何成精的。

那可不容易,山里人是不打老狐狸的。谁知道那只老狐狸是多少年的狐狸?

五十年的?一百年的?五十年的狐狸能和人一样走路,一百年的狐狸大都成精了。

活到那份上都不容易,那可是几辈子修来的道行,岂能让他糟蹋了?

可老庞是个情种，也是一个犟种，想好了的事九头牛都拉不回来。

哪里去找老狐狸？老庞算得上是见过世面的老猎人了，可他从来没有见过二十岁以上的狐狸。没遇见过，不等于没有听说过。传说白云洞里就有五百年的老狐狸。

传说那老狐狸早已修炼成人形，当地的人称为狐仙，初一、十五还出来为穷人治病呢。谁忍心？有谁敢？

为了那"小狐狸精"，老庞去打老狐狸。

那真是一只老狐狸，从洞中留下的毛发上看，金黄金黄的，就像电影里外国的金发美女的头发一样。要是那老狐狸能够幻化成那金发美女，那该多美。有多美，老庞想象不出，他就想法子要捉住那老狐狸。

老庞是捉狐狸的高手，几乎从未失手过。可这次不行，屡屡失手不说，还让狐狸捉住了几次。他下铁夹子想夹老狐狸呢，谁想夹住了自己；他挖下了陷阱想弄老狐狸呢，但自己却掉了进去。最危险的是他在树顶上下了一个套，然后把那树顶斜拉到白云洞的洞口，想那老狐狸怎么也逃不脱吧。没想到自己却稀里糊涂钻进了套，被倒挂在了空中。

老庞是个老猎人了，知道老狐狸露出了仙气，应该就此打住。可他生生是迷上了小狐狸精，千方百计想捉住那只老狐狸。

老庞想了很多办法，不仅没有捉住老狐狸，连那老狐狸的影子都没见到。后来，老庞铤而走险，计划用枪去打那老狐狸。

老庞讲究，打老狐狸前，做了很多的准备。他让老道士给他做了法事，画了一道符，他把枪精心擦洗以后还包上开了光的红布。然后，他用老道士的法子，在白云洞洞口生火，向洞里放烟。

再老的狐狸也是狐狸，当那滚滚的浓烟钻进洞里，老狐狸也不能忍受，只见一缕红光"呼"的一声，蹿进了老庞的枪口。老庞满怀欣喜扣动扳机，枪"嘣"的一声响了。

谁想到，老庞的枪管爆裂了。

老枪说："老庞的眼睛瞎了，别说看狐狸精的笑脸，连太阳都看不见了。"

老 狼

刘立勤

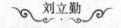

狼不得不承认自己老了，它感觉瞌睡多了起来，蹲在那儿就想睡，窝在那里准备好好睡一觉了，脑子却格外清醒。记忆力也大不如从前了，当下的事情记不住，以往的事情忘不了。比如说昨天吃了一半的山鸡愣是记不起放在哪里了，那些陈年旧事却记得清清楚楚。

晒着春天的太阳，那真叫一个舒坦，可以不想那半边鸡了，想想以往的风光吧。狼老了也是靠回忆滋润自己枯燥的日子的。再说，消化也不好了，少吃一顿也没有什么关系，而记忆可以让狼充满信心。

最风光的还是争夺狼王那件事。那时候真的是年轻，整日里对谁都客客气气，内心里却是对谁都不服气。特别是看不起狼王老黑的做派，一副老子天下第一的气势，谁它都不用正眼看待，谁的意见它都听不进去。尤其是看见那个公狼和母狼多说几句话，老黑就会龇牙咧嘴叫嚣一番。几次它都想收拾老黑，看看老黑光滑的皮毛和浑身的肥膘，兀自怯了。那天它只和小母狼多说了几句话，还没有多少想法，老黑竟然冲上来不问青红皂白地教训它。它知道老黑心黑，如不迅速逃跑，自己非死即残。可逃跑已没有机会了，它只能仓促应战。自己硬是凭着年轻和无所畏惧，从太阳出山，一直战到夕阳西下，终于打败了老黑，意外地成为了狼王。看到老黑灰溜溜离开狼群，它粲然一笑，想："你不要怨我，要怨就怨母狼吧，要不是它们让你耗费了

体力,你绝对不会败于我的手下。"它想:"轮着自己当了狼王,一定要远离美色。"

谁知道,轮着自己当上了狼王,风情万种的母狼们谄媚地围绕着自己转了一圈,内心压抑已久的钢规铁条倏地就融化了,心里柔情似水,自己甚至比老黑还迷恋美色。可惜的是,狼王不仅仅拥有众多的母狼,更重要的是它还得负责自己种群的生存发展。生存发展的首要任务,就是要吃好喝好。十几只狼一天需要不少的东西呢。好在它不怕,白天,它和众多母狼温柔缠绵;晚上,它带领几只公狼冲锋陷阵,要么是鸡,要么是猪仔,要么是羊羔,只要它们愿意,没有它们弄不回来的食物。一时间,众公狼对它佩服得五体投地,众母狼对它温存有加。前狼王老黑见了,妒忌得不得了,说:"凡事不可过分,小心遭到人的报复。人,我们狼是斗不过的。"

——那时候真的年轻呀,你说我斗不过,我就专门和人斗。人的确很狡猾,设置了好多花招,在猪圈旁边挖陷阱,在墙面上画白圈,这类雕虫小技怎么能够斗得过有经验的狼。陷阱没有掉进过一只狼,倒是邻家醉汉陷了进去;墙上的白圈就更好了,明明白白告诉我们狼,这个地方没有猪就有牛,少跑了许多的冤枉路。为了嘲笑人,原来我们只逮小猪的,现在还弄大猪。为此,自己专门发明了一种逮大猪的方法——用嘴咬住猪耳朵,用尾巴赶猪,猪就乖乖地跟着进山了。弄得人还以为是哪个贼偷走了。

——人真的聪明,跟人斗不仅长智慧,而且是其乐无穷。比如说,人设计机关时总喜欢留一个机会给自己,其实那个机会也是给我们狼留的。与人方便,与狼也方便。人也喜欢算计他人,你顺着他的思路把另外一个人算计了,下次这个人准会又给你创造一个机会,没准是一个机会接着一个机会,让你应接不暇。当然,人有时候也会齐心协力和我们狼作斗争,可总有人私下里打小算盘,给我们留一个活路,让我们死里逃生。

它吃透了人性的弱点,和人斗得游刃有余。

在它的带领下,狼群不断发展,种群越来越大,它赶走另外一个区域的狼群,拓展自己种群的活动范围。它发觉人的心更散了,人似乎更好对付了。原来它们夜间出动，现在白天也可以觅食；原来做一些小打小闹的事情，现在它竟然敢带领大家对付羊群和牛群了。狼群的日子快乐得不得了，它自己也自豪得不得了。

也就在它最为自豪的时候，它又一次带领狼群外出觅食，谁想它遭到另一头公狼的暗算，陷进猎人的圈套。待到它成功逃脱猎人的魔掌，回到自己的狼群，面对那头公狼的挑战，它退却了，黯然离开昔日的狼群，过起了独行侠的生活。独行侠日子虽然寂寞，倒也轻松，一狼吃饱，不管其他，它更没有把人放在眼里。不过，它有点儿怕起狼来了，见了狼就回避。它喜欢到有人的地方去，它知道人是怕狼的。

老狼想到这儿，还是没有想起那半边山鸡放在哪里了，它只好起身再去觅食。山里的东西越来越少了，还有狼在出没，还是找人吧。也就在它站起来的那一刻，一条狼扑过来咬住了它的脖子。

这条不怕人的老狼，终于死在了狼的手里。

海 狼

相裕亭

海狼，海边独特的狼种。它的个头不大，成年的海狼，也不过半大的草狗那样。但它跑起来比狗快，且耳朵尖、尾巴粗，一对小眼睛诡秘中透着凶残。

仰天一嗥，惊天动地！

海狼，以海边的鱼虾以及海滩上蹦蹦跳跳的海狗鱼为主要食物，常年潜藏在近海岛屿的岩洞里或是躲在离海岸线不太远的丛林中。它们昼伏夜出，善于在大海退潮时，寻觅海滩水汪中的鱼虾吃。春夏时节，也结伴到盐河上游猎食青蛙、野兔、黄鼠狼、人脚獾什么的小动物，极少袭击人类。

盐河两岸人家，都叫它们"小皮狼"，原因是那种小海狼与草原上高大威武的野狼相比，实在是太小了。也有人叫它们"爱情狼"，这与海狼的习性有关，那种小海狼，出入成双成对，类似于传说中的爱情鸟、野鸳鸯，一朝结为夫妻，终生厮守在一起。

但，海狼们猎取食物时，团队精神非常强，且分工明确、纪律严明。夜晚的海滩上，它们一旦发现某处海流或水泡子中有鱼虾，常常是一只或几只海狼同时跳进水中搅得鱼虾乱蹿，其他海狼则站在岸边伺机捕捉。这期间，不管是水中搅动水花的海狼还是岸边伺机捕捉鱼虾的海狼，所捉到的食物都不会独自吃掉，而是统一咬死，放在岸边，直至把那一处水汪中的鱼虾全部捉尽,海狼再按狼群中的等级,依次进食。

海狼虽小,可它的皮毛非常好。用海狼的皮毛做帽子,或是当褥子铺在船上,既防潮,又柔软暖和。盐河里出海打鱼的老船工,特别喜欢把海狼的皮毛当被褥来铺,但盐河两岸的渔民,很少去捕杀它们。

那种小海狼,本性虽然凶残,可它们也有乖巧的一面。它们对渔民们捕捉鱼虾起着领航作用。午夜,赶海的渔民一旦发现某一处水汪前闪动着一对对蓝莹莹的小灯笼,就知道那是海狼在觅食,那里一定有丰富的鱼虾。所以,从某种程度上讲,海狼还是渔民们捕捉鱼虾的好帮手。尤其是海狼们发现某处深水域里有鱼虾,它们自身捕捉不到,便会故意引诱渔民们前去下网捕捉。那样的时候,有捕鱼经验的老渔民,总要把捉到的鱼虾,扔一点给身后的海狼作为奖赏。

问题是,有些不知趣的海狼,吃惯了渔民们赐予的食物,往往会不思猎取其他小动物了,专门跟在渔民们身后,坐享其成!再者,到了冬季,天气寒冷,海狼的食物缺乏,它们便伺机偷食渔民的家禽。

有一年冬天,一对小海狼,夜夜都来袭击渔民的鸡鸭。气愤至极的渔民们,便选在那对海狼经常出没的地方下药、设陷阱、支铁夹子,想除掉它们。

岂料,那对海狼盘踞在盐河口的丛林里好多年了,早已识破了渔民想置它们于死地的种种圈套,硬是躲过了一劫又一劫。最后,有一位老渔民,设置了连环夹子,总算捉到了一只小母狼。

渔民们看到公狼逃掉了,没有当场打死那只母狼,而是以那只母狼为诱饵,用铁链子把它拴在海岸边一艘破船上,让它不停地嗥叫,以此招引那只公狼来营救。

这一招,果然很灵!

当天午夜,那只公狼真的来了。但,只闻其声,不见其身。那只公狼并不靠近被拴在船边的母狼,而是远远地与其对嗥。它们的声音里,一定传递着"此处有埋伏"的信号,所以,那只公狼迟迟不肯露面。

第三天黎明,那只被拴在船边的母狼,突然发出了凄惨的哀嗥!紧接着，惊人的一幕发生了。

刹那间，只见那只公狼闪电一般，从不远处的丛林里蹿出来，其背部的鬃毛和它那长长的尾巴顺势拉成一条笔直的线，其速度之快，如同一把飞驰而来的利剑，直奔那只母狼！这期间，不等狩猎的渔民举枪猎杀，它已经蹿至母狼跟前了……

然而，接下来的场面，令人毛骨悚然！谁也没有料到，那只公狼营救母狼的方式是那样悲壮惨烈！它一口咬断母狼的脖子，至死，都没有松开。

死 结

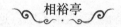

相裕亭

三社他爹是个能人，垒墙、修房、围猪圈、铡牛草、抡大锤，样样都懂门儿。他年轻时闯过浦口，就是今天的南京长江大桥北岸那一带，有人说他是码头工人，估计就是码头上扛大包、下苦力的。我小的时候，听大人们说他能扛着一麻袋粮食在长江里游泳，很佩服他。

后来，三社他爹怎么回乡种地了，我不知道。那时间，我还小，只知道他会捉鱼、会网鸟，能用自制的铁夹子，夹住活蹦乱跳的野兔子。有时，也捉黄鼠狼。

三社他爹识兔路，懂黄鼠狼的习性。冬天，天很冷，风沙也大，尖尖的小北风，裹着沙粒，像小刀一样呼呼刮着，小村里老老少少都"猫冬"焐炕头，三社他爹却闲不住。他背个大粪筐，前湖后岭，沟湾河套里乱寻摸，看到沙窝里有动物的足迹，先用细沙踏平，第二天观察是否再次出现，何时出现。连续几次，就可以断定是黄鼠狼还是其他动物。尤其是野兔，那小东西，看似挺机灵，漫山遍野地乱跑，其实，傻得狠，它的行踪非常有规律，头一天走过的路，第二天的那个时间，仍旧要走一遍。三社他爹下夹子捕兔，简直是十拿九稳。

三社他爹会下梅花夹、连环夹，还会空中下套。凡是被三社他爹盯上的猎物，就等于判了死刑。三社他爹对付野兔、黄鼠狼、人脚獾、花野猫，各有

招数。如捉到野兔，上来就一棍子敲死，那东西肉好吃，皮不值钱，随便怎么整死它都行。但是，一旦是黄鼠狼上了夹子，那就要小心了。那家伙货值一张皮，刚上夹子时，它活蹦乱跳，拼命挣扎，不能急着捉它，要等它上蹿下跳，直至精疲力竭，再用棍子压住它的脖子，不伤一根毫毛，让其窒息而死。随后，就手儿扒下它一张金灿灿的皮，晾干后，卖钱。黄鼠狼的肉不吃，挖坑埋掉。三社他爹说黄鼠狼的肉发臊，不好吃。其实，不是那么回事，黄鼠狼在生死关头，会放出一股臊气，熏走对手，创造逃生时机，它的肉，并不一定就是臊的。但，三社他爹认为是臊的，从来不吃。这里面，或许另有隐情，那就是传说中的黄鼠狼是黄大仙，会报复。三社他爹扒其皮，是为了卖几个钱，养家糊口。再食其肉，心里是否感到不安呢？于是，干脆挖坑埋掉，也算是对死去的黄鼠狼表达歉疚之意吧。三社他爹在捉黄鼠狼时，小村里不少人都诅咒他，早晚被黄鼠狼治死。

果然，这年冬天，三社他爹为捉黄鼠狼而病倒了。

当然，三社他爹在生病前很长一段时间就已经不捉黄鼠狼了。他金盆洗手，扔了夹子，剪断了钢丝套，发誓永世不捉黄鼠狼，连野兔也不打了。他整日闷闷不乐地缩在家里，夜深人静时，时常被噩梦惊醒。家里人都猜想他看到了什么不吉祥的征兆。因为，黄鼠狼那东西，熟知人性，确实能做出让你吃惊的事来。如，你这边下夹子捉它，它能识破你的圈套，叼来枯树枝，破鞋头儿，把你的夹子弄翻。这些把戏，三社他爹都遇到过，也常跟村里人当笑话讲。但，这一回，他遇到了什么，闭口不说了，整天闷在家里茶饭不思。后来，他病倒了。

临终时，他把几个儿子都叫到跟前，吐露了实情。说他在后岭黑风谷遇到一个黄鼠狼大家族，连续下夹子，捉到第十七只黄鼠狼时，忽而，一日清晨去起夹子时，看到夹子丝毫没动，而夹子旁边留下了一个大脚印子。就一个脚印子，特别大！他料定那不是正常人的脚印子，也不会是黄鼠狼做的假象，一定是另有所为。至于那个大脚印子，是怎么留在他的夹子旁边而不去踩他的夹子，他百思不得其解，总觉得那是个谜！

几个儿子听了，也觉得神乎其神，怎么会是一个脚印子，没有第二个？会不会是父亲看花了眼？可老人一口咬定，就一个脚印子，特别大！还说，他蹲在那个脚印子跟前，仔细看了许久。

　　三社听了父亲遭遇的不测，凝神静思了半天，忽而冒出一句："爹，会不会是你自己的脚印子？"

　　一语未了，就见老人两眼一亮，四肢急促抖颤起来。

　　原来，那个脚印子，就是老人自己踩的。老人在一条干涸的小河沟里下好夹子时，为了不破坏现场布置的假象，他要大跨一步，跳上旁边的小河堤。那么，后面一只脚所留下的脚印，就是唯一一个脚印子，因为要用力起跳，自然要比正常人脚印子大许多。但三社他爹就忘了这个茬儿了，始终没有解开那个结，等小儿子一语道破天机时，他心里一激动，随之，两腿一挺，死了。

草龟的灵魂

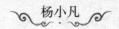

杨小凡

徐泽的妻子带着两岁的女儿来美国陪读,不到一年就生了个儿子,正在家里休养。妻子在医院仅仅住了两天,每顿伙食均为三明治加冰水。妻子连连叫苦,想念广州的老火靓汤。

此刻,徐泽正沿着海边,走着去实验室上班。突然,一只悠闲自得的海龟走进了徐泽的视野,他的胃立即就收缩了一下,龟肉、瘦猪肉、桂圆、红枣、枸杞……想到美味龟汤,口水立即涌到唇边。徐泽疾步上前把海龟按住,揪着尾巴把它提起来。他必须迅速回家,把海龟交与妻子做汤。

迎面走来一位金发老太太,大惊小怪地喊起来:"天啊!上帝!"徐泽立即呆住了。金发老太太上前告诉徐泽,要他把海龟抱起来,她做了个抱婴儿的姿势,要徐泽效仿。徐泽只能把海龟抱起来,直到海龟舒服地躺在他的怀抱里,老太太方才满意地走了。

海龟温顺地躺在徐泽的臂弯里。迎面来了一个老人,徐泽动了动手臂,让海龟更舒服些,可老人还是在他面前站住了。又怎么啦?难道姿势不对?老人问:"年轻人,你不知道海边的路吗?"我去海边干吗?徐泽不解地看着老人。老人笑了:"你是刚到这里来的留学生吧?海边在那里,你走错了。"直到老头儿确信徐泽已经知道海在哪里,他才走了。

徐泽趁老头儿走远,疾步如飞往家奔。远远地看见了他家的房顶,突然，从公路上蹿出一群少年，他们边跑边喊："嗨！先生，您是去放生吗？您不需要上班吗？"徐泽说："我当然要上班。"少年们高兴了："那让我们来放生这只海龟吧。"不由分说，他们把海龟抢了去，由年龄最大的少年抱着，向海边跑去。

徐泽不得不老老实实上班去。海边传来少年们的笑声，他们正把那只贪玩的海龟赶回大海去，海龟一次次爬上来，少年们不厌其烦地一次次把它轰回海里。

龟汤的滋味烦扰着徐泽的神经，搅得他不得安宁。下班后，他不再走海边，免得再受到海龟的引诱。另一条路上布满小丛林，有几个水塘。这里是草龟和青蛙的天堂，小家伙们正悠闲地在这里出没着。徐泽不敢造次，决定从长计议。

第二天，徐泽早早出门，路过水塘边，掏出准备好的一块发臭的生猪肉挂在铁钩上，用一条细绳系好铁钩放到水塘里去。下班后，徐泽急匆匆赶来，拉拉绳子，沉甸甸的。吸取前日教训，徐泽在水塘边一直蹲到天色昏暗方拉起绳子，一只肥大的草龟咬住了铁钩。徐泽把草龟放进预先带来的塑料袋里，再藏在手袋中，战战兢兢地往家赶。

一顿美味的龟汤，解了夫妻的馋。三岁的女儿看见汤锅里有斑纹的龟壳，好奇地问："这是什么鱼，骨头上还有花纹？"妻子说："这是——"话没说完，被徐泽截住："这是特别的鱼。"女儿问："什么叫特别的鱼？"徐泽搪塞说："这种鱼在中国才有，等你长大了带你回中国就能看见。"

妻子收拾饭桌，习惯地用报纸包起菜渣、骨头就往垃圾桶里丢。徐泽紧张地制止："不行！"报纸上有他顺手写下的几个电话号码，会暴露他的身份。绝不能让任何一个美国人发现他们吃了龟。

徐泽细心地把草龟壳挑出来洗干净，用白纸包好，再放入黑色的塑料袋中，连商店里用的塑料袋也不敢用，生怕被人发现线索。垃圾桶就在楼下，可丢在自家门口太危险。

礼拜天，徐泽早早就揣着那包草龟壳出发了。沿路并没有垃圾桶，要乘

地铁到很远的市区去。假日的市区非常热闹，人比往常多几倍，好不容易发现马路边一个垃圾桶，高大神气的警察正守在旁边，威严的目光正注视着他，似乎就等着他这个"杀龟犯"来投案。

商场里虽有垃圾箱，但是商场有监控的录像，很危险。小街道上偶然也可见垃圾桶，若公然从口袋里取出东西往垃圾桶里丢，定会被认为是贩毒分子，立即就会有人举报他。

徐泽怀揣着草龟壳忐忑不安，他不由得联想到杀人犯、碎尸狂、销赃者，这就是他此刻的心态。

转了一天，草龟壳还没被丢掉，徐泽只能返回。路过昨天钓草龟的水塘边，疲惫的徐泽坐在草地上歇脚。草龟在散步，爬过了徐泽的脚背。徐泽只觉心情沉重，全无了喝龟汤的欲望。在暮色的掩护下，徐泽用手在草地上挖了个坑，把指甲都给弄破了，草龟壳才得以隆重地安葬。

几年后，上小学的女儿要以"文化"为题写作文，她写道："中国文化是饮食文化，连中国鱼也是特别的鱼，用特别的鱼做的鱼汤，是我喝过的最好喝的汤。"

女儿把清晰的记忆中的草龟壳画下来，作为文章的一部分，说明了鱼的外貌。老师在作文上批字："这不是鱼，是草龟，草龟是人类的朋友，人类要保护它们。"

回家后，女儿用阴森森的眼光盯着父母的眼睛问："你们要向上帝发誓，我三岁那年喝的是不是草龟汤？"

徐泽和妻子彻底崩溃了，那草龟的灵魂一直就没有离开过他们……

改造我们的器官

朱 宏

周日如果没有什么事，我还是要去办公室一趟，哪怕是开窗通通风，或者给几盆花浇浇水。

那个周日，天气很好，我的心情也很好，所以当魏博士溜进我办公室后，我很耐心地听他阐述了他的学科理论。魏博士这个人很了不起，喝过洋墨水，回国后在肿瘤医治方面很有造诣。他同情病人，常常因为没能挽救一个病人的生命而痛心疾首。魏博士认为当今肿瘤发病率较高是源于环境的恶化，因此，在业余时间，魏博士加入了环保志愿者行列，为改善环境奔走呼号。

魏博士紧张地看了看门外，然后掩好门，奔到我跟前神秘兮兮地抓住我的手说："太棒了，我的环保课题终于有了突破，我需要您的支持。"

我说："请坐下说吧。"

魏博士在沙发上坐下开始批讲。

"大部分中国人缺乏逆向思维，我是为数不多的人之一。现在，我对环境保护已经失去了耐心，但是我发现人类生存质量的提高并不是没有希望，我们可以改造我们的器官来适应环境呀。你知道空气的成分吗?"魏博士好像在等着我回答。

我说："这你难不倒我，氮气百分之七十八、氧气百分之二十一，还有

其他。"

"再过十年、二十年、一百年呢?"魏博士问。

我说:"这个,也许……"

魏博士并没有让我思考,他接着说:"照现在这样不加控制地排放废气,将来空气也许会成为氯气、二氧化硫、一氧化碳以及少量氧气的混合气体。经过器官改造,人们将来能够适应这些气体,人们呼吸到二氧化硫会感到神清气爽,呼吸到一氧化碳会精神振奋。"魏博士无限期待地说:"工业废气真是个宝呀。"

"我们还要改造泌尿系统,使它适应污染的水,将来含有重金属的饮料将成为市场的新宠,你会对超市售货员说,小姐,来一瓶汞饮料。你已经离不开重金属了,可以预见的是造纸厂的副产品可以极大地满足市场需求。"

我饶有兴味地听魏博士讲解,同时看了一眼杯底的沉淀物。

"消化器官也得改造,历史上苏丹红、二噁英都造成过恐慌,将来它们不过是无毒无害的调味品而已,而人们的肠胃更能够很好地吸收蔬菜中的残留农药,这些残留农药也许对提高男性的某些功能有帮助。

"接下来我要提到的是改造我们的听觉器官,我们的听觉器官将有多个频道,可以有选择地收听想听的话,这样你在噪声很大的工厂附近也能安静地睡觉,你对公交车上播放的广告也能充耳不闻。

"我们还要改造体温系统,人的标准体温应该是摄氏四十度左右,这样人们在全球平均气温即便到了三十九度时仍然感到很舒适。

"你看看,我们的明天是这样美好,在今天看来属于污染的东西,未来可是我们赖以生存的宝贵财富。当然,作为一个医务工作者,我除了关注上述物质层面的改造,还将进行其他器官的改造,以改善人们的精神生活,我们要改造嗅觉器官,以适应任何一种恶臭。我们还要改造神经系统,心脏、肝脏,对了,改造肝脏的重要性你知道吗? 将来你就可以毫无顾忌地品尝甲醇、甲醛了。"

说到兴奋之时,魏博士满面春风,眉飞色舞,甚至还在我的肩膀上拍了数次。

"你看看，全世界的环保问题就让我这样解决了。"

有人敲我办公室的门。

冲进来的是本院的大夫，他们冲我说："对不起，院长，我们没发现他溜到您这里了。"

大夫们架着魏博士离开的时候，魏博士转身冲我鞠了一躬。

我对医生说："小心看护这个精神病人，他是个环保专家。"

猎鹿绝技

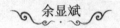

余显斌

他是这一带有名的猎手。

他擅长猎鹿,每年猎的鹿堆成小山。钱,也就大把大把地流进腰包,他成了富甲一方的人。可钱多不咬手,猎枪,他一直没放下。

他猎鹿有绝技。一年,他上山打猎,看见草地上一只母鹿安详地迈着步,旁边是一只小鹿,蹦蹦跳跳,十分顽皮。突然,母鹿竖起了耳朵,鸣叫了一声。他的枪响了,母鹿跳了跳,倒在地上。他跑过去,扛起母鹿。那只小鹿并不跑,而是跟在他的身后,一路哀鸣着,进了他家。

他想,还是把这个小家伙养着吧,长大了,还能卖一笔钱。

这只小鹿在他的喂养下,渐渐长大了,皮毛光滑油亮,一双大眼睛,常常望着蓝天长声鸣叫,像一位含情的少女。

一天早晨,他一大早起来,听到鹿圈里有动静,忙披衣去看,兴奋地瞪大了眼睛:鹿圈里,竟多出了两只鹿,体肥身大,毛皮光亮。

他忙关上圈门,活捉了两个家伙。活鹿,在市场上价钱更高。

第二天一大早,他又听到鹿圈有动静,忙跑去看,又进来了一只膘肥体壮的鹿。他又抓住了这家伙,卖了一笔钱。原来,他喂养的是一只母鹿。但是,随着时间的流逝,公鹿越来越少,最后,再也没有自投罗网的公鹿了。

等不来自投罗网的鹿后,他带着猎枪,还有这只鹿,进了更远的山林。

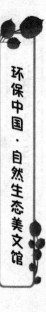

他用长绳把鹿绑着,自己埋伏在旁边丛林中,举枪瞄准着。随着母鹿的叫声,一个矫健的身影闪现出来,是一只公鹿。

"砰"的一声枪响,公鹿倒了下去。猎人很高兴,跑过去,扛回了公鹿,藏在林中,又等着下一只。

每一次,母鹿对着眼前的死鹿都会长长地哀鸣,圆圆的泪珠从眼眶中滚出,一滴一滴落在草上。

渐渐的,这头鹿病了,不吃也不喝。

"看来,这家伙是熬不过今春了。"猎人想。可他还想发挥它的"余热",所以每天强拖着它,走向山林深处。鹿再不叫了,耷拉着脑袋,可仍有公鹿嗅着气味赶来。

猎人的枪一次次响起。公鹿一个个倒下。

母鹿不叫,但眼中是绝望的神色,滚出的,已经不是泪,而是一朵朵血花。

当夕阳西下时,猎人带着自己的收获,和母鹿一起向家里走去。母鹿突然停止了脚步,长长地哀鸣了一声,然后是又一声,在夕阳下长长地扩散。

猎人一喜,心想,一定是母鹿又发现公鹿了。

母鹿侧耳倾听了一会儿,猛地一侧头,撞在一个尖利的石头上,头上顿时鲜血直涌,然后撒开四蹄,向丛林里奔去。一路上鲜血迸洒。

猎人忙摘下背上的枪,跟了过去。

在丛林的深处,母鹿站住了,抻长脖子,一声声长鸣。猎人举着猎枪,躲在山石后瞄准着。

随着鹿的鸣叫,也可能是鹿血的吸引,一个庞大身影闪出来。让猎人目瞪口呆的是,来的不是鹿,是一只斑斓大虎。猎人慌忙举起枪。

那只母鹿抬起头,向猎人望去,这一会儿,眼睛里再也不是绝望的光,而是一汪碧蓝。

猎人的枪响了,射向老虎。可是,那只鹿突然一跃,这致命的一弹,没有射在老虎身上,却射在了母鹿的身上,它长鸣一声,倒了下去。

猎人的第二枪还没响起，就已经被猛虎扑倒。死前，他终于明白，不但人会设圈套，鹿也会设圈套。

骆驼泪

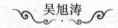

吴旭涛

狂风在荒漠呼啸，黄沙恣意飞扬。

十二天了，母骆驼没有找到一点儿食物，驼峰明显地瘪了。这渺无人烟的荒漠似乎没有尽头。它嗅不到一丝一毫水的清新之气，也未曾看到绿洲的影子。都说骆驼是沙漠之舟，可现在连骆驼也感到一丝丝不祥。心想真的走不出去了吗？

十二天前，母骆驼离开了居住了很久的大沙漠。它是最后一个离开的，驼群老早就迁移去寻找新的家园了。大沙漠环境越来越差了，没有食物，更找不到水源，连久居这里的骆驼们都受不了，纷纷离开。母骆驼要给未出生的孩子找到一个水草丰茂的好地方，让孩子一睁眼看到的是美丽的绿色，而不是那一望无际的茫茫大漠。三年前，它曾到过一个叫意达林的草原。那里的天空湛蓝湛蓝的，云儿自在地游荡在空中，微风拂过，半人高的牧草如波浪般起伏，洁白的羊群若隐若现，银光闪闪的小河唱着欢乐的歌儿横穿过草原，让母骆驼陶醉。它暗暗想，以后一定要带自己的孩子来这里。

腹部隐隐传来阵痛，是孩子，它想出来了。母骆驼跪下来，头轻轻地甩甩，对腹中的孩子说："别急，很快就到意达林了，那是世界上最美的地方！"其实它自己也吃不准究竟到了什么地方，印象中意达林离大沙漠也没有多远，可现在已经走了十二天了，还没走出大沙漠，难道走错路了？这两天眼

103

睛好痛,视线越来越模糊,常常只能看到黄乎乎的一片。不会是生病了吧?那可不好办。

母骆驼艰难地站起身,膝部却软软的,使不上劲,身子晃了两晃又瘫倒在黄沙上。耳畔响起了狂风的呼啸声,母骆驼赶紧闭上双眼——要是让沙子打进眼里就糟了。母骆驼暗自庆幸自己有着双重睫毛的遮挡。狂风夹杂着大粒黄沙直扑它的面部,眼球一阵刺痛,它抽搐了两下,昏了过去。

母骆驼是痛醒的,腹部袭来阵阵绞痛,小骆驼终于按捺不住要出来了,也许是以为意达林到了吧。母骆驼睁开眼,可是黑乎乎的什么都看不见,只能感觉到有一丝极其微弱的光。它敏锐地感觉到自己已经让黄沙打瞎了双眼,双重睫毛早在十几天前就让风沙给磨损了,根本无法再起保护作用。

母骆驼无暇为自己悲哀,因为小骆驼在腹中剧烈地踢腾——不久它就会出来。只要孩子平安无事,自己怎样都无所谓。一阵剧痛之后,母骆驼感觉到孩子已经脱离了自己。遗憾的是,孩子第一眼看到的仍是大漠风沙。

"站起来孩子,快站起来!"母骆驼急切地对孩子呼唤。小骆驼一般在出生后半小时就可以站起来,如果超过三小时还站不起来,就意味着等待小骆驼的只有死亡。如果小骆驼死了,母骆驼就会不吃不喝,过不了几天也会随之而去。

时间一分一秒地流逝,小骆驼一次又一次地尝试,一次又一次地挣扎着四肢,可是终究无法站立。半小时过去了,一小时过去了,三小时过去了,小骆驼始终站不起来。它又怎能站得起来? 母亲怀它的时候,在荒漠中过的是饥一顿饱一顿的生活,而今又经历了十几天的长途跋涉,滴水未进,孩子营养不良,怎么有力气站起来?

母骆驼被一种莫名的恐惧包围着,它已经感受到了死神的脚步正在逼近,可这不是恐惧的原因。它现在已经不怕死亡了。小骆驼走了,可怜的孩子,它来到这个世界上只有三个半小时,还未曾见过绿色,死了都不甘心啊。母骆驼知道自己很快就会去陪它,给它讲绿色的故事,给它讲美丽的意达林。

母骆驼终究没能搞懂是什么让它恐惧，就带着它对意达林的向往走了，眼角挂着一滴混浊的泪。狂风又起，洪水般的沙流瞬时吞噬了母子俩的尸首。母骆驼永远也不会知道，就在它倒下地方的不远处，一块大大的界碑上朝着沙漠这面有几个鲜红的字：意达林。那恐惧正是来自意达林，因为短短三年意达林已经变成了比大沙漠更大的沙漠。母骆驼终究算是圆了它带孩子到意达林的梦想，只是绿色成了永远的梦。

干娘树

杨汉光

　　我小时候多病，母亲迷信，就请算命先生给我算一算。算命先生说我命里缺木，需要认一个木命的女人或者一棵大树作干娘。我家门前就有一棵大树，认作干娘再方便不过了。

　　母亲挑了个吉利的日子，带我到大树下，将写有我名字和生辰八字的红纸贴在树干上，就算是把我托给大树作儿子了。母亲让我烧香磕头，请干娘保佑我一生平平安安、无病无灾。

　　自从认了大树作干娘后，我的病真的越来越少。那时不知道这是随着身体发育，抵抗力不断增强的原故，还以为是大树在保佑我。

　　村里还有十几个孩子学我的样，也来认这棵大树作干娘。每当过年的时候，我们这些树儿树女们一字儿排开，给干娘烧香拜年。

　　干娘一身都是宝，浓浓的树荫给人送来阴凉，树皮是治疗腹泻的良药。树上则是孩子们的天堂，干娘年年结出黄豆大的果实，满树都是，又香又脆，我们亲切地叫它"炒豆"。

　　有一次，我爬到高高的树顶摘炒豆，不小心掉下来。如果摔到地上必死无疑，幸好掉到一半时，一丛浓密的枝叶奇迹般地托住我的身体，让我有惊无险地从鬼门关重返人间。母亲感叹说："是干娘救了你一命啊！"我们特意杀了一只鸡来拜谢干娘，可惜干娘不会吃。

　　在干娘的庇护下,我平平安安地成长。没想到,干娘的厄运却来了。我小学毕业那年暑假,一帮城里人来到村里,竟然要将我家门前这棵大树挖走。我赶紧把树儿树女们叫来,十几个人手拉手把大树围住,不让城里人动我们的干娘。还有人搬来了村主任,请他把城里人赶走。

　　让我失望的是,村主任竟站在城里人一边,他说把这棵树移植到城里去,让更多人欣赏,那是我们的福气,别人有树想移植,人家城里人还不要呢。

　　我大声问:"这是我们的干娘啊,把她挖走,以后过年我们到哪儿去拜干娘?"

　　村主任笑了:"你们可以到城里去拜。如果你们的干娘有知,不用挖,她自己就高高兴兴跑进城了。你们想想咱村里的人,如果有机会到城里去享福,哪个不是做梦都偷笑?"

　　听村主任这么一说,我们的人墙就瓦解了。失去保护的干娘,只能听从城里人宰割。城里人整整忙了一天,才把大树挖起来,用大卡车运走。他们留下一个大坑和一堆树枝树叶,听说要砍掉一些枝叶,大树才能种活,可我总觉得这些枝叶是干娘的头发和手臂,剪掉头发还可以,连手臂也砍断,这不是太残忍了吗?

　　第二天,我邀几个兄弟到城里去看干娘。我们的干娘已经被运到公园里,种在最显眼的地方,一进门口就看见了。这个公园是新建的,从乡下移来很多大树,干娘是其中最大的一棵。城里人不但给干娘浇水,还将一张黑色的大网盖在她的头上,给她遮挡火热的阳光。看见城里人这么爱护大树,我们就放心了。

　　暑假结束后,我到城里读初中。一办完入学手续,我就跑到公园去看干娘。公园已经有人把守,必须买两块钱的票才能进去。

　　我又见到了我的干娘,她的头上已经没有黑网,树叶几乎掉光了,烈日烤着枯枝,树根的泥土已经晒得干裂。我问守门人,为什么不给这棵大树盖遮阳网,守门人说:"它死了。"

我再问为什么不给大树浇水，守门人不耐烦了："树都死了，还浇什么水？"

我的心都碎了："不，她没有死，树皮还没有干，她一定能活过来。"

我要给干娘浇水，可身边并没有水，只有一个水龙头在大门外面。我跑到大门外，从地上捡起一只塑料袋就去水龙头接水。当我提着一袋水要进门时，守门人却拦住我，要我买门票。我说我是为公园的树浇水的，为什么还要买门票。守门人说，他不管我干什么，只知道进一次门就要买一次票。没办法，我只好再买一张门票。

我就这样来来回回提水浇树，每进一次门就买一张票。买到第六张票时，我身上没钱了。我把水袋递给守门人，请他把水倒到树根去。可任我怎么哀求，守门人都无动于衷，直到我流下眼泪，他才很不情愿地接过水袋，随随便便地将水泼向树根。守门人连塑料袋都没有还给我，更别指望他再帮我给干娘浇水。

我必须请人来救我的干娘，我在城里一个熟人也没有，只好跑回村里搬救兵。乡亲们却说，不就是一棵树吗，死就死吧。连那些曾经在大树下烧过香的人，也不肯跟我进城，他们准备另外认一棵大树作干娘。父亲更是大发雷霆，说我再敢离开学校乱跑，就要打断我的腿。

我不得不回到学校上课，任由干娘在烈日下煎熬。好不容易等到休息日，我从学校里出来，直奔公园。可是，公园里已经不见了干娘的身影，另一棵新种的树取代了她的位置。我问那棵大树到哪儿去了，守门人说，被一家砖厂运走了。

那家砖厂在城外不远，我以最快的速度赶到那里，想再看一眼干娘。这是一家小砖厂，全厂只有一座土窑，土窑旁边堆着很多木头，木堆上却并不见我的干娘。我问砖厂的人，从公园运回那棵大树放在哪里，一个烧窑工说："正在窑里烧着呢。"

我的干娘在窑里燃烧，再也看不见了。窑顶上冒出一股黑烟，那是干娘苦难的灵魂，随风飘回故乡。

两只狍子

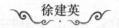

徐建英

早上，邻屋的水得来时，他又一次借故跟女人吵，女人在内屋啜泣着拾掇她的衣服要走。

水得找他进山围猎。水得说："屋洼山上的花生地大片在遭罪，咱得跑一趟。"他瞅了瞅内屋又把衣服一件件放回到衣橱的女人，停了停，还是取下挂在墙上的土铳，背上工具包跟着水得进了山。

屋洼山离湖村大约五里山路，绕过几道梁就到了。这块坡地一向以盛产花生而在湖村得名。他们一行走进这块眼馋过不少人的花生地时，花生刚开过黄花，靠近山边的整大片被拱起来，花生苞翻落一地，不少蔓藤上的白苞不过比黄豆粒儿稍大一些。地上还有不少洒落的苞粒，那些被啃落的苞粒经太阳晒过，萎缩着透了一点红，又似抹了一层黑，乱糟糟洒一地。

看到这儿，他叹了口气，自家的红薯地比这块地好不了多少！这以后长长的冬季该怎么过？冬季过后呢？这些日子，他一直为这事烦恼着。

沿着被糟踏过的花生地转了几圈后，一行人分头沿着散乱的足印悄悄往深山寻去。

他跟的那行足印在一块崖壁前消失。翻过崖壁，他四下察看，在崖壁前带坡的林路上蹲下来，拿出随身的工具包，取下牛叶刀，轻轻地在土路上挖好地坑，拿出带有铁钩的绳套，掰开铁夹板，系好消息扣，埋在地坑中。又牵

出套子另一头的线绳，掩上一层细细的土粒后，系牢在旁近的树桠上。做完这些，他横折下枝条作记号，才悄悄向崖壁另一条路攀去。

晌午时，吆喝声在东侧山头响了起来——湖村围猎，只有看到猎物才有吆喝声。

随之西、南两山头的吆喝声也响了起来，他悄无声息地往崖壁边退，隐进了他埋套不远的树丛——几个山头的吆喝声同时在响，猎物一准正往他的方向蹿。

"嘚"一声沉闷的响声过后，一连串的惨叫在坡路落套的树杈上响起，枝乱叶动阵阵作响，他迅速从树丛里站起来，往坡上小跑——一只扁头的野狍被套绳系着后腿倒吊在树杈上。让他意外的是，旁边还有一只狍子正在用头上的尖角一下又一下地挑那条系着扁头狍腿的绳索，看到他，倒挂在树上的扁头狍尖叫起来，尖角狍停下来，向一侧的树丛跑去。

他取出背上的牛叶刀，走向那只倒挂着的扁头狍。刀还未触到狍身，后背突地被重重地击了一下，他倒在地上。转头，看到那只尖角狍正作势又向他冲来。他忙忍痛侧身翻滚，顺势抓起跌落在地的牛叶刀。

倒挂的扁头狍又发出尖叫，挣扎着向他这边撞来，他大惊。一声沉闷的枪响过后，尖角狍向一侧的树丛跑开。此时水得提着冒白烟的土铳从树丛中钻出来。树上的扁头狍，血淋淋的——树桠上的套绳上，奄挂着半条淌着血的狍腿。

花生地的主家欣喜不已，早早备好了夜饭，水得提议再加一碗狍子肉。他揉搓着受伤的腰，狠狠地拔出牛叶刀，同来围猎的铳手们也帮忙架上狍子。

开膛时，他的手停了下来——这是一只怀了胎的母狍。

一旁帮手的水得看他停在那儿，凑近过来看："怀有崽？难怪那只公狍会回扑来伤你。"

他的心一悸，扔了手中的牛叶刀，在主家连连招呼和挽留中，借口腰伤，拎起那杆土铳向门外走去。

他一瘸一瘸地上了屋洼山。

花生地,还是乱糟糟的一片。坡路上,那只扁头母狍早前留下枝枝叶叶和一地的血迹不见了踪迹,坡路边杂乱的树枝树叶不知几时竟垒成了小堆。

他坐在坡路上,拨开小堆,血迹一下全露出来。他想起那只哀叫离开的尖角公狍,是它垒起来的吗?要不是扁头母狍不惜折断后腿撞上,倒下的,该是那只尖角公狍吧?

他的鼻子有点酸,眼睛开始潮起来,手一下一下地挖坡边的泥土,把一地的血迹深埋进土中。

借着林中最后一丝光线,他摸索着攀向崖壁,下午在崖边看到这棵红红的酸枣树时,心里就动了——那个早上收拾衣服要走,也曾撂过很多次狠话不再跟他在这块与野兽争食的地方受罪的女人,刚刚怀上了他的孩子。

父亲和他的猎狗

徐建英

父亲年轻时是位铳手。

每到收种时节，父亲常在乡邻的左一声嘱咐右一阵叮咛中，一大清早就带着干粮，扛着他自制的土铳，穿过村头的青石板路走向密密的山林。猎狗欢欢就像一位要出征的先锋，仰着头，铃铛在前头洒下一串叮当的脆响。到夕阳的余照在青石板中逐渐隐去时，父亲宽口平底的布鞋已在石板路上留下一串踢踢踏踏的脚步声。欢欢撒开腿忽前忽后，绕着父亲打着圈圈跑。这个时候，他的铳杆上总少不了挂上些野兔、山鸡什么的，间或还有花狸啊野狍子等，引得邻人艳羡的目光一路撵着父亲转。

暑期里，花生在地头长得正欢。得叔苦着个脸来找父亲，说他南拢坳的花生遭了殃，请父亲帮忙走上一遭。父亲二话没说，翌日提着土铳，带着欢欢就要上山。

欢欢兀是奇怪，以往父亲刚提起土铳，它就迫不及待地立在门牙边摇尾待命。这次它伏在地上动也不动，看父亲"欢欢""欢欢"地喊得急，就缠在父亲脚边，呜呜地轻撕着他的腿裤。父亲不解，以为欢欢病了，忙放下土铳，把欢欢前前后后翻了个遭，后轻拍它的头笑骂道："你个懒欢欢！"一旋身手一挥，欢欢又呜呜叫着不情不愿跟了上前。

然而午后不到，父亲就光着上身，一路哑着声音直喊着欢欢的名字闯入了村卫生站，而欢欢血淋淋的身子在父亲怀中的上衣里不停颤抖。在欢欢的伤口缝好后，父亲说，得叔的地里藏匿的是野猪。中枪后的野猪没有立即倒地，它舞着獠牙扑向父亲，欢欢一见，"汪汪"大叫着跳上前来撕咬营救。野猪只得又转身迎战欢欢，欢欢灵活的身体忽左忽右、忽上忽下，引那受伤的野猪渗出一地的血。红了眼的野猪再次反身扑来咬父亲，欢欢急速扑上前，它的身体正好抵上了野猪的獠牙，父亲急速端起装好的土铳火药扳响了第二枪。野猪倒地的时刻，欢欢的一条小肠子也从腹腔流了出来。

从那以后，欢欢在父亲眼里，真正成了家庭一员。

村里除"三害"，毒昏的老鼠到处乱蹿，父亲很怕伤口刚好的欢欢管闲事，就用一条小链子拴住了它。欢欢被拴着的那些日子，一见我就呜呜叫，我知道它一定是想让我放了它。见父亲此时不在家，我偷偷松开欢欢的铁链子，欢欢一跃身对着我摇尾巴，又直舔我的手，随后撒腿往外溜了去。

然而欢欢还是禁不住抓吃老鼠的诱惑，当天中毒了。

看着欢欢嘴角直吐白沫，父亲紧紧地把欢欢搂在胸膛。听着欢欢喉咙发出一阵又一阵"呜呜"的声音，父亲把碗中的药往欢欢嘴边送。欢欢无神的眼直勾勾望向父亲，伴着全身一阵剧烈的抽搐，一颗泪从欢欢眼眶溢出，直滴在父亲手背。"欢欢！欢欢！"父亲流着泪高叫着，一次又一次倒好药，试图再次撬开欢欢的嘴……

"谁让你放了欢欢？"他一抬手，我的脸上挨了重重一记耳光。娘冲出厨房，摸着我的脸，一把又一把，不满地对着父亲狠狠地剜了一眼，拉着我走入内房。

得叔循声走了进来，看着已经僵死在地上的欢欢，殷勤地说由他来帮着父亲处理欢欢。父亲摇头不语，在我的哇哇大哭声中，提起锄头，抱着欢欢向河坝边的斜坡走去。直到天黑透，也不见父亲进得家来。

得叔半夜来传信说，父亲还坐在坝边的斜坡上抽纸烟。

第二天，娘见父亲没回，也去河坝边瞄过几次。得叔也不时地去斜坡，他送去的饭，父亲原封未动。

第三天,娘坐不住了,折下院里的柳条子,扯着我的手赶向坝边。父亲坐在欢欢坟头,低着头,吧嗒吧嗒地吸着纸烟,有时看看天,硬是不睬我们。娘说:"狗是吃了毒鼠死的,伢子你打也打了,自个的儿子,难不真就要他偿命不成?"

父亲看了看坡下大汗淋漓地垒草垛的得叔,对娘直吼吼:"回去,你个苕婆娘!"

娘气得急,一把拉过我,对着欢欢坟头,当着父亲的面举起柳条就对我抽。父亲急冲上前一把抱着我,让娘抡到半空的柳条狠狠地落在自己身上。娘一把扔了柳条,坐地号哭了起来。

日头在天空闹得更欢,直把欢欢坟头上的土烤得焦白焦白。得叔走上斜坡,绕着坟头走了一圈又一圈。

父亲站起身,一手扶起娘,一手抱着我说:"咱回吧!"走了几步,红着眼又回头看了看欢欢那孤零零的小坟……

教　训

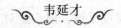

韦延才

　　胡小远暗暗吃了一惊，这是谁家的孩子？

　　周末，胡小远到江滨大道上随便走走。建设江滨大道是胡小远近期的一个工作目标，经过几个月的努力，江滨大道已经初具规模，再过一两个月，这个曾经的不毛之地，将变成人们散步、休闲的好去处。

　　看着正在铺设街道地砖和建围栏的工人，看着已完成的那一段漂亮的大道，胡小远的心里升腾起一股成就感。建设江滨大道是市民多年的呼声，他上任后，想尽办法才筹措到资金开工建设。这天吃过早餐，胡小远习惯地向办公室走去。办公楼里静悄悄的，胡小远这才想起，今天是周末呢。到办公室里坐了一会儿，抽了支烟，胡小远的目光移向窗外，就看到了那条缓缓流淌的河。

　　江滨大道建设得怎么样了呢？看着河水泛起的太阳光亮，这个闪念就在胡小远的脑子里冒了出来。于是，胡小远出了办公室，向江滨大道走去。

　　工人们在认真地工作着，全然没有发现县长胡小远已经来到他们的身边。和工人们寒暄了几句，问了一些施工的情况，胡小远就继续往前走。那个孩子就是这时候走进胡小远的视野的。

　　这是一个五六岁的女孩，头上扎着一个小马尾。女孩站在岸边，向河里扔着什么。那是一段正在建设中的街道，岸边并没有建起围栏，而女孩子靠

115

河又是那么近,稍有不慎就会失足掉进河里。胡小远的心不禁悬了起来。

这是谁家的孩子呢?这是谁照看的孩子呢?怎么能这么不负责任呢?胡小远看了看旁边,并没见有其他的人。一会儿见到孩子的家人或者保姆,一定要好好地教训她们一顿。胡小远这样想着。

胡小远并没有大声吆喝孩子远离河岸,怕惊吓了孩子。他装作若无其事地向女孩走去。远远地胡小远就闻到一股呛人的气味,那女孩站着的地方,是小河与大河的交汇点,小河流进大河的水声依稀可闻。

来到女孩旁边,女孩也发现了他。胡小远对女孩笑了笑,女孩也对他笑了笑。胡小远就伸出手把女孩往回拉了拉,说:"孩子,你叫什么名字啊?"

女孩看着胡小远,说:"我叫黄百莉,人们都叫我小莉莉,叔叔,你可以叫我黄百莉,也可以叫我小莉莉。"

多乖巧的小女孩哟。胡小远脸上绽开了笑,又问道:"小莉莉,你家在哪里,你的爸爸妈妈呢?"

女孩子看了看河的对岸,说:"我家在青山镇。"

青山镇是县里最偏远的一个乡镇,胡小远多次到那里检查工作,他的车子一刻不停也要两个多小时才能去到镇上。

女孩也许是看到了胡小远眼里的疑惑,她回转头,指了指离江滨大道不远处的一个工棚,说:"我现在就住在那里,我爸爸和妈妈在这里修路呢。"

"哦。"胡小远看着女孩,眼里就有一丝爱怜与感动。我们的城市,就是因为有了像小莉莉父母这样的建设者,才一天天变得美丽起来。但工作再忙,也不能不看好孩子呀。胡小远的脸色便又变得严肃起来。

"叔叔,那是我爸爸。"女孩向前一指。胡小远顺着女孩手指的方向看去,只见一个三十开外的男子走了过来。

"小莉莉,你在那儿干吗呢?快回去写作业!"男子边走边训斥。

女孩听见爸爸的训斥,就往前走了一步,将左手中瓶里的东西倒到右手里,然后扔向小河的入水口。那是一把白色的东西,掉进河里,马上被发着恶臭荡漾着泡沫的流水吞没了。

男子已经来到跟前，一把拉住女孩的手，说："你把那些药片扔到河里干吗？那是花了二十多块钱买来给你妈治病的啊。"胡小远这才发现，女孩手里拿着的是一个药瓶子。

女孩跟着男子往回走，声音颤颤地说："爸爸，你不是说这条河也得病了吗？我给它吃了药，它就不会这么臭了，晚上我们就能好好地睡觉了。"

男子继续训斥着小女孩，但他说了些什么，胡小远没有再听进去。因为小女孩的话就像教训他的一记响亮的耳光，把胡小远震得天旋地转。

红狐狸

王彦双

　　大清早,人们就看见四哥扛一杆猎枪向山里走。

　　张三见了,问:"四哥,进山呀?"

　　四哥:"进山,捉一只红狐狸去!"

　　李四见了,也问:"四哥,进山呀?"

　　四哥:"进山,捉一只红狐狸去!"

　　捉一只红狐狸去,没人问的时候,四哥也在心里叨念着。昨晚,银子一样的月光水一样倾洒在厚厚的白雪上,在雪面上流淌,天地间一片澄澈,柔和而明亮,让人感觉是置身在一个童话世界里。

　　四哥是在窗前观雪赏月的时候发现那只红狐狸的,柔和的月辉和明丽的雪光将那只红狐狸衬托得格外美丽。红狐狸浑身火红火红的,像一团火焰在雪面上跳动,姿势极其优美,线条格外妩媚动人。四哥感到内心里一个柔软的部分忽然被触动了。然后,四哥就蹑手蹑脚地靠近红狐狸,可是,雪在他脚下的呻吟声很轻易地让红狐狸发现了他。红狐狸回过头来望了他一眼,甚至还咧了咧嘴,眨了眨眼睛。白亮而又暧昧的月光下,四哥感觉那是红狐狸向他明眸皓齿地一笑。然后,红狐狸就轻盈地火苗一样地一跳一跳地跑掉了。

　　四哥沿着昨夜红狐狸留下的脚印走,雪在他脚下嘎嘎吱吱地响。翻过两道山冈,四哥真的看到远远的另一道山冈上的一点点红,只不过由于距离太远,看不真切。四哥背着猎枪向远处的山冈走。忽然,两只山鸡扑棱棱地从草丛里飞起,落在四哥头顶上的松枝上。四哥眯着眼睛望望远处的山冈,又抬头看看一身斑斓锦毛的山鸡,还是迟疑地摘下枪,对着山鸡瞄准。仿佛捉弄四哥似的,就在四哥准备扳动猎枪的时候,山鸡又扑棱一下飞起来,蹬落的雪沫却撒了四哥一脖子。四哥很气,蹑手蹑脚跟上去,山鸡却又飞起来,落在了另一棵树上。直到黄昏时,四哥才用枪杆挑着一对山鸡进了村。

从那天起,四哥开始天天进山,也总能带着东西回来,但从来没带回来过一只红狐狸。今天是一只兔子,明天是一只狍子,后天是一只山羊。有一次,他还带回一棵老山参,一下卖了整整八百元,着实让张三、李四和王五们眼红了一把。甚至,四哥还从山里带回一个女人来。那时已是夏天了,女人进山采蘑菇,差点儿喂了狼,是四哥救了她又把她带回家。后来,四哥就和女人去了山那边,据说,山那边有更多赚钱的路子。

日子是深秋树上的叶子,而岁月是风,风一吹,叶子就纷纷落了。四哥重新回到村里的时候,已经是须发皆白弯腰驼背的老人了。几十年的光阴仿佛晃一晃就过去了,老伴去世了,儿子大学毕业后留在了城市,叶落归根,他希望能老死在山村里。四哥不能再进山了,要不倚在矮墙下晒冬阳,要不就满村子里转悠转悠。

昔日的伙计们也老了,遇到一起总有说不完的话。遇到张三,张三问:"四哥,到了那边还打猎吗?"

四哥:"打猎。"

张三又问:"四哥,后来打到过红狐狸吗?"

四哥却是一脸茫然:"红狐狸,什么红狐狸?"

遇到李四,李四也问:"四哥,到了山那边还打猎吗?"

四哥:"打猎。"

李四又问:"四哥,后来打到过红狐狸吗?"

四哥仍一脸茫然:"红狐狸,什么红狐狸?"

"红狐狸,红狐狸……"四哥自己一个人站在窗前,一边自言自语,一边回忆起往事。

那也是一个雪夜,年迈的四哥站在窗前,银子一样的月辉水一样倾洒在厚厚的白雪上,在雪面上流淌,天地间一片澄澈,柔和而明亮,让人感觉是置身在一个童话里。

四哥感觉那只红狐狸是从他已模糊的记忆深处走出来的。是的,一只红狐狸,一只浑身火红火红的红狐狸,一只精灵鬼怪的红狐狸,曾经在这样一个明亮而暧昧的雪夜,火苗一样一跳一跳的,从他的眼皮底下轻盈地逃走了。为此,他曾一次次地进山,可是却一次次地被另外的东西吸引,与它失之交臂。

特别是有一次,红狐狸已经受了伤,他完全可以轻而易举地捉到它。可是,就在他马上捉到它时,发现了山崖上的一棵老山参。他想,以后还会有很多机会捉到红狐狸的,于是,他停了下来挖山参。没想到,他却再也没有遇到那么好的捕捉红狐狸的机会。

"红狐狸,红狐狸……"四哥喃喃自语,混浊的眼泪一点点地流了下来。

一直到天亮,四哥被发现仍站在窗前,大睁着眼睛,却已永远睡着了。

没有人清楚,那样一个夜晚,一个老人,一个梦,那么遥远而又那么清晰。

亲爱的羊

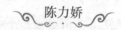

陈力娇

　　大雪封山了，山上的麂子就剩下十几只了。可是上边又有人打猎来了。

　　村主任苗里吸着烟，坐在炕沿上愁眉苦脸。他吸的是劲头很大的蛤蟆烟，烟雾呛得媳妇儿直皱鼻子。苗里说："你倒是帮我出出主意呀，到底咋办哪？再这么打下去，麂子可就绝种了。"

　　媳妇儿在剥豆子。这是她秋日里从地里捡来的，现在闲下来她想把它们变成黄豆。媳妇不满地说："早打完早利索，省得太多人惦记。一边下红头文件禁止打猎，一边带头搞破坏，到头来不还是老百姓受苦？"

　　苗里说："你看你这人，又不是所有当官的都来打猎，就那么几个，应酬一下得了，你还啰唆个没完了。"

　　媳妇儿说："我就知道你向着他们。还'就那么几个'，几个就把咱闹得鸡飞狗跳的，多了还不把天翻了！"

　　媳妇儿有点儿生气了。苗里有事求她，所以没敢像往日一样和她一拼高低。

　　苗里又卷起一支烟，说："反正我是不主张他们继续打了。我也跟他们说了，那座山是国家二级保护区。可他们说是来视察，视察还带着猎枪，你说不打猎干什么？"

　　媳妇儿仍然在剥豆子，剥出的豆子落在筐里有着响动。苗里知道她还

在生气。

过了一会儿媳妇儿说："你现在知道保护麂子了，当初你不是也打死过麂子，给当官的送礼吗？那会儿你要少打两只，现在不定成几只了。"

苗里的脸腾一下红了。他说："你这臭娘儿们，咋哪壶不开提哪壶？让你出出主意，你还使性子，这要是早先……"

往下的话苗里不敢说了。那句话是"要是早先，我早就绰鞋底子了"。

媳妇儿乜了他一眼，一副不在乎的样儿。媳妇儿现在是妇女代表了，常去城里开会，对女人的权益熟知了。苗里轻易不敢动手了。

苗里想起这，禁不住心里偷笑，但也力争不让媳妇儿看出来。他站起身，绷着脸说："反正这任务交给你了，一个宗旨，不能伤害麂子，也不能得罪上边的人，你琢磨着办吧。"

说完就往外走。他坚信凭媳妇儿的聪明，准能想出个好办法。

果然在他走到栅栏门口的当儿，媳妇儿追出来问："那他们几点来呀？"

他回答："上午到，吃过午饭就进山。"

苗里走了，忙着接待去了。媳妇儿站在门口，出了老半天的神儿。

吃午饭的时候，天下雪了，茫茫大雪棉花一样铺天盖地。苗里心里那个乐呀，他想这老天可真长眼睛啊，大雪天谁还打猎啊？喝吧，喝多了把他们送回去。可是苗里想错了，上边的人是越喝越想打猎，话都说不清晰了，还惦记着打猎呢。

苗里说："这大雪天，第一保护区咱是进不去了，咱就到第二保护区转转得了。领导辛苦，总挂念人民，人民得感谢你们哪。"

苗里给上边人倒酒。

上边的人说："哪里，我们做梦都想着老百姓啊，他们过不好，我们也休想安宁。老百姓的家就是我们的家，老百姓的麂子就是……"上边的人想了想说："老百姓的麂子就是老百姓的麂子。我来一回，得去看看。再怎么说，咱得爱咱老百姓啊。"

苗里没辙儿了。一行三人进山了，苗里尽量指挥司机走不好的路。可是,司机的驾驶技术出奇好,硬是冲破重重难关。

眼看就要进第二保护区了,苗里说:"这就是了,我们就在这里等麂子吧。"

上边的人这时好像分外清醒。他说:"小苗,你可能不知道吧,我年轻的时候可在这儿蹲过点哪,那时你恐怕还没上小学吧。"

苗里硬撑着说:"没上小学我也记事呀,您的光辉足迹走到哪儿,我就记到哪儿呀。"

上边的人高兴得直点头。

大雪下得更大了。第二保护区的招牌出现了。离招牌不远,有一头猎物出现了。它披着厚厚的积雪,站在漫天飞舞的风雪中,东瞅瞅西望望。上边的人一下来了精神,大喊停车。车还没停稳,他的猎枪就举起来了。一声枪响,那猎物应声倒下。苗里那个心疼呀,他心疼得忘记了下车。司机只得下去,深一脚浅一脚去取猎物。

猎物取回来了,几个人全愣了。这哪是麂子呀,这是一只家养的长着两只角的山羊。山羊的眼睛睁着——还死不瞑目呢。

就在他们还没弄明白这是怎么回事时,从远处传来一阵哭声。一个女人跌跌撞撞地向他们跑来,她边跑边喊:"你们还我山羊,还我山羊啊……"

女人的哭声越来越响,越来越清晰。

苗里首先慌了,他第一个撤退到车里。他刚上车,上边的人紧跟着也上了车。司机慌忙发动引擎,奥迪 A6 卷风雪而去。

晚上苗里带着满身疲惫回家。媳妇儿正用热水烫脚,一点儿没理苗里的意思。苗里知趣,讨好地拍拍媳妇儿的肩膀,说:"辛苦了,今晚好好慰劳你。"

媳妇儿厌烦地推开他的手,懊恼地说:"白瞎咱家那只山羊了,我用我的奶水把它奶大的。"

苗里无奈地叹口气,颓丧地躺在床上。他知道,今晚的床事是没戏了。

胜　利

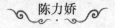

陈力娇

土拨鼠在站岗,有人要侵略他的家园。他的家在地下三米处,有两个出口,里面有绵软的草絮供他们休息,但是这一切都无用了,已经有四五家土拨鼠的家被洗劫一空。

土拨鼠又名旱獭,他的皮毛很珍贵,能为人类换大钱,他的油能让马笼头和马缰绳坚固如钢铁。这些土拨鼠们自己也知道。因此,土拨鼠的妈妈让土拨鼠无论如何要守住自己的家园。

土拨鼠站岗已经三天了,三天里他目睹了不少同类进入了那队人马的皮囊。他们死得都很惨,有的才出生就被连窝端了。土拨鼠躲在一块岩石的草窠里把这一切看得很真切,看得自己毛骨悚然,但是为了家,为了家族长久的延续,他就是付出生命也不在乎。

又有一支队伍过来了,他们牵着马,扛着长杆,长杆上面有缝制的空空的丝织袋,那是用来捕捉土拨鼠用的,他们把这袋子罩在洞口,只要土拨鼠出来,就无一漏网。

土拨鼠的妈妈告诉土拨鼠,出洞时,用力不要过猛,要用耳听,用心揣摩,用尾巴试探,把尾巴当成扫把扫洞壁。人类是心急的,见有动静他们就会有动作,有动作就会有声音。土拨鼠信了妈妈的话,果然那天他巧妙地躲过了人类的劫持。

但是现在就得土拨鼠自己来应付这些了，土拨鼠的妈妈这几天正生产，为他生下三个小弟弟。土拨鼠非常想和小弟弟一起玩，可是他们太小了。就是大了，土拨鼠也没时间，每晚守夜让他筋疲力尽。

土拨鼠站立的地方很隐蔽，是一块岩石，岩石四周有蒿草，土拨鼠能窥到那队人马的一举一动。那队人马中有一个人最让土拨鼠痛恨。他的计谋很多，总是在别人放弃追杀时又想出一个主意，而且他的主意没有一个落空的，总能让那个丝织袋里盛满土拨鼠的同类。

这个人三十岁左右，对付土拨鼠他既有经验又耐得住兴致。他先把土拨鼠家的另一个洞口堵住，然后守住这一个洞口。又不是只守不攻，他会把一挂人类庆贺节日的鞭炮，拴在一个事先逮住的小土拨鼠的尾巴上，然后燃着爆竹，放开小土拨鼠，小土拨鼠受了惊吓，就会直奔洞里找妈妈，那么家里有多少土拨鼠都会在呛眼的烟雾下蹿出洞口，一个家族就这样毁灭了。

土拨鼠看到这儿哭了，他浑身颤抖着，他不知道他的家族会不会也是同样的命运。那伙人满载而归。土拨鼠回到家里把这事对妈妈说了，他当然也说了自己的惧怕和担心。

土拨鼠的妈妈身体很虚弱，奶水不太多，已经有两个小弟弟饿死了。妈妈听土拨鼠把这些说完，撑起身子对他说："人类在自讨苦吃。没了我们，狼就不来了；没有了狼，兽类就不会那样矫健了；当一切都灭绝，土地就风化了，风沙会把城市吞没。"

"会吞噬那个可恶的青年吗？"土拨鼠问妈妈。

"会的，一切的一切。"妈妈回答。

"那我们怎么办呢？"

妈妈喘口气说："我们能做的就是保住生命。"

土拨鼠明白了妈妈的话，他又去站岗了。但是这一次他有些心事重重，也就是从这一刻开始，他一下子长大了许多。

这一天清晨，阳光很柔和，四周青草葳蕤一片祥和，是个让土拨鼠忘记灾难的美好时刻。就是在这样的时刻，那伙人又来了。这回他们的队伍中

没了那个青年，多了一些少年，这让土拨鼠多少产生一点亲切感，有一点遇到朋友的感觉。

土拨鼠看到，那伙人在寻找诱饵。可是他们绕来绕去也没找到，更多的土拨鼠都躲在洞里不出来。他们就只有采取灌水的方法，灌水当然不如放爆竹了。土拨鼠躲在岩石后面忍不住笑出了声。

忽然他看到一只瘦弱的小土拨鼠拱出洞口，这让土拨鼠大吃一惊。他知道如果这个小土拨鼠也被尾巴上拴上爆竹，那他的整个家族瞬间就会遭遇灭顶之灾。

土拨鼠按捺不住了，他必须在这一刻力挽狂澜。如果可能他想和人类谈判，用自己的血肉之躯去换得和平也在所不辞。

就在那几个少年往小土拨鼠的尾巴上拴长长一串红色爆竹时，土拨鼠箭一样蹿了出去，他直奔那双绑爆竹的手，用他好看的两颗小门牙死死地将它咬住。少年松开了小土拨鼠，小土拨鼠连滚带爬回到洞中。

但是土拨鼠无疑被捉了，尾巴上拴爆竹的事也不能幸免了。

土拨鼠没有反抗。他很驯服，爆竹牢牢地固定在他的尾巴上，这时候土拨鼠抬头看了看天，他很希望这时的天空出现一只风筝，他好和它媲美一下，看谁飞得更高。

爆竹点燃了，一阵震耳的鸣响如同打雷，土拨鼠没有跑，更没有回洞，他镇定了自己，任那爆竹一点点接近自己的身体，然后奋力一跃，跳上了那些惊慌失措的人们高高的肩头。

盲鳗的盛宴

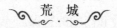

荒 城

在百慕大海域，一群长相诡异的水族动物离开深藏在海底的洞穴，沿南美洲绵亘的海岸线向南游去。

这群异类没有眼睛，却有数对灵敏的触须；没有上下颌，只有一张吸盘状的大嘴。总之，它们见到任何活物都尽量远远躲开，祖祖辈辈过着为鱼类所不齿的生活。它们是弱势群体，它们叫作盲鳗。

在巴西近海，它们幸运地碰到一艘渔船，拖网里硕果累累，正在返回的途中。盲鳗们喜不自禁，这正是趁火打劫的好时机。它们迅速挤进网中，那里有很多垂死挣扎的鳕鱼，它们在拼尽全力地挣扎，试图逃离这张大网的束缚，但是看来一切都是徒劳。盲鳗不急不躁，它们那娇小的身体在行动不便的鳕鱼中间穿行真是易如反掌。

一天以后，鳕鱼在惊恐和挣扎中耗尽了体力，早已奄奄一息，以逸待劳的盲鳗迅速靠近，从鳕鱼的口中钻进去，直达体内，在那里大快朵颐。它们从鳕鱼的内脏开始咬噬，然后是皮肉，很快就将它吃得只剩一副骨架，然后又向另一条垂死的食物发动攻击。

当它们的触须感觉到海水水温发生变化时，知道渔船即将进港，那便是到了该撤离战场的时候了，尽管这里还有大量的美味，但是，性命要紧。

数天以后，盲鳗们已经身处赤道水域，那里的海底生物达到空前的繁

荣,只要愿意,许多鱼类都可以将渺小的盲鳗揍个半死,但是它们知道,也就是在这样的所在,有许多大买卖正等着它们。

这一次,它们碰到了海中霸王——鲨鱼。作为最凶猛的鱼类,鲨鱼在海底世界所向披靡,游弋所及,其他种群无不闻风丧胆,落荒而逃。霸王的权威是不容挑战的,那些无论在体格上,还是在气势上,或者仅仅在牙齿上都无法与其匹敌的其他鱼类,就只有俯首称臣的份儿。

盲鳗没有足够尖端的武器来捕猎如此一位占有绝对统治地位的暴君,不过幸好,它们有无穷的耐性和高端的智谋。

它们悄悄靠近鲨鱼,用吸盘似的嘴吸附在鲨鱼身上,此举并没有引起对手的注意,说不定它们还以为盲鳗的吸附举动只是一种低俗的谄媚罢了,如此紧密而持久的亲吻还能有别的解释吗?对于习惯于君临天下的鲨鱼来说,它当然理解不了这小小的依附者竟然会笑里藏刀。如此,盲鳗紧紧吸附在鲨鱼身上,随它四处游弋,而自己却空着肚子。四天时间已过,它已经完全获得了鲨鱼的信任,这真是一个瞒天过海的行家里手!"我不过是狐假虎威,顶多希望您分一杯残羹剩饭给我罢了!"它一直在努力给敌人传达这样一种信息。的确,从来没有哪一种鱼类敢对鲨鱼发动攻击,如果有的话,那么它们早已作古。

盲鳗一点点向霸王的腮边滑动,"我只是想更近一步地膜拜而已,当然,如果您介意,我可以离您远点。"盲鳗这么说道。而事实上,它已经不知不觉地滑到了鲨鱼的腮边,随着巨鳃的一次张合,盲鳗抓紧时机暗度陈仓,毫不犹豫地蹿进了敌人的口腔。鲨鱼终于感觉到了不妥,张大了嘴,疯狂地吞吐着海水,企图让它离开自己的口腔,但是除了海水、杂物和一些别的鱼类趁机侥幸逃生之外,哪里还有盲鳗的影子?它们早已紧紧地吸附在鲨鱼口腔的内侧,静待杀机。

盲鳗的耐性无穷无尽,它们只是吸附在那里,不食也不动,保持肃静,这种无所作为的方式完全消解了鲨鱼的反抗,它渐渐趋于平静,不再为入侵者心烦意乱的时候,盲鳗就悄悄地向它的口腔深处转移,每走一步,它们都小心翼翼,谨小慎微。这期间,尽管它们已经饥肠辘辘,而可口的饭菜就在眼前,可它们却丝毫不为所动。欲擒故纵是它们惯用的招式,盲鳗知道,如果此时激怒了鲨鱼,它们还是可能会被剧烈吞吐的海水赶出食堂,前功尽弃可不是它们的风格。

不知不觉间,盲鳗已经游进了鲨鱼的腹内。此时,它们成了霸王名副其实的"心腹大患"。它们那隐藏在吸盘内的锐利的牙齿发挥了作用,开始大举蚕食鲨鱼的内脏。它们一边进食,一边排泄,这种釜底抽薪的攻击方式使鲨鱼痛苦不堪,可是任它在水中翻腾跳跃都无济于事,这已经改变不了战事的结局。要不了几天,胃口大开的盲鳗已经吃光了鲨鱼的内脏。暗算成功的弱小族群躲在鲨鱼那随波逐流的尸体里面,小憩片刻,然后从它的肌肉开始,将尸体吃个精光,仅剩一副骨架,然后迅速逃之夭夭,走为上策——它还要防范随时可能出现的新的敌人,以及它们的追随者。

光天化日之下,小鱼吃大鱼的故事天天都在上演,也许弱小者的四肢并不发达,可是它们一旦学会了兵法,那将无比强壮。

死亡的姿势

荒　城

当时我在一家出版单位供职，我的小说里有一个重要的情节，是描写狼王垂死的细节，虽然出于兴趣，我已经跟野外的多种动物打过交道，但是狼王垂死的场面我却从未见过，因此靠着自己的想象写过多次，主编均不满意。我把自己的苦恼说给好朋友班，班是斯洛文尼亚肯特尔动物园的驯兽师，很快，他为我想了个好办法。

班领着我来到动物园，带我看两匹单独关押的老狼。这是两只森林狼，显得老态龙钟，公狼叫哈奇，母狼叫达尔，它们已经二十岁了。按动物园的规矩，它们到了这个年龄就必须被淘汰。这两只老狼在被捕获前曾犯下滔天罪行，它们咬死了村里的两个孩子及数量众多的家畜，因此被诱捕后送到了动物园，也因为它们伤过人命，按照当地的习俗，它们垂老之后必须被人类处死。

班跟动物园方面商量，反正它们也将被处死，不如卖给我，让我以自己的方式杀掉它们。一样的结果，动物园还可以得到一笔酬金，园方欣然同意。

我们找人把两只狼引入一只普通铁笼，然后搬运到靠近阿尔卑斯山的一块四周有灌木丛环绕的草地中，停止喂食，以便观察到它们走向死亡的真实镜头。

两天后,两只狼因饥渴难耐而频繁撞击着铁笼,它们耳朵竖立,双唇卷起,露出牙齿,并发出凄厉的嘶吼。这是真正的狼嚎,尽管它已经显得有气无力,可是这叫声依然让从附近赶来凑热闹的狗儿们迅速逃之夭夭。见撞击笼子无果,它们就趴在粗大的铁栅栏上紧盯着赶来观看的每一个人,它们期待着水和食物,但见来人双手空空如也,眼睛里便一次次生出怨恨阴毒的光。

我问老狼何时能倒下,班说总要三天以后吧。他还说:“狼比老虎还厉害,看这铁笼的底板足有一寸厚,那可是钢板啊,如果是木板,它们一夜之间就会咬穿,挖地洞逃掉。看,铁笼四周的青草都吃光了,那是它们为了解渴而伸出尖嘴舔嚼的,你知道,要是在平时,它们对素菜毫无兴趣。还有,如果别的动物被猎人的铁夹子夹住了腿,它们只会痛苦地号叫,无谓地挣扎,但狼竟会咬断自己的腿后逃走,有的会因流血过多而死,有些则瘸腿而生,想想看,咬断自己的腿,该要有多大勇气?”

第三天,没有吃喝的两匹老狼已经趴下,耳朵耷拉、眼睛闭上、肌肉松弛、气息奄奄,对四周的动静毫无反应。我伸出小木棒,轻轻拨弄公狼哈奇的头,它睁开了右眼,即便是一只眼睛,眼光中射出的却是缕缕凶光。班告诉我它仍然残存着复仇的欲望,于是我们决定再等一等。

第四天傍晚,我来到笼子旁边,把木棒探进去击打它们的全身,两匹老狼毫无反应,显然已经气若游丝。机不可失,我详细记录下来它们各自垂死的神态,但是还想拍几张照片回去,于是我们撤去笼子,架好相机。两匹老狼趴在草地上一动不动,班给狼嘴里灌了些水,为它们增加点活力,免得让我的照片看上去死气沉沉。这水真是救命良药,公狼哈奇睁开了眼睛,闪出绿幽幽的光,并屡次试图站起来。母狼达尔也睁开了眼睛,把目光投向哈奇。它们似乎从彼此的目光中读出了狼国的全部情感,深情地对视着,却发不出一点声息,只是缓缓地伸出前爪。达尔抬起尖尖的嘴,枕在哈奇的腿上。哈奇用嘴触碰了碰达尔的脸颊,一会儿,两只脑袋垂在了地上,慢慢闭上眼睛。

第五天早上，我完成了自己的使命，打算离开这个地方，我想去看它们最后一眼，顺便找几个人把它们的尸体掩埋掉。当我来到草地中央时，不由得目瞪口呆——老公狼哈奇不见了，草地上根本不见它的尸体，只有一只狼头和些许皮毛，班检查以后断定是达尔的。班说：在狼的国度，它们不吃同类的活体，但是同类死亡后，却是可以吃掉的，这不仅是为了绵延种族和生存竞争的需要，也是祖先留下的遗传。我们推测，一定是昨晚我们撤离后，草地上万籁俱寂，受尽磨难的公狼哈奇渐渐醒了过来，它还有一丝残存的生命，它发现达尔已经死亡，于是吃掉它的尸体，恢复了一些体力之后，逃进了北边足有数平方公里的玛科斯蒂山森林。

一只愤怒的公狼躲在森林中，这是一件了不得的大事！当地的治安部门立即调集森林警察、猎户，乃至消防队伍，团团包围玛科斯蒂山，进行拉网式搜查。包围圈越收越小，老公狼哈奇东奔西跑，它本想逃向北边更大的森林，要是到了那儿，人们就休想再找到它，但是一条东西走向的河流挡住了它的去路，它只好掉头，不久就被猎犬发现。

逃生无望，哈奇只好在众目睽睽之下，跳进了一口直径达两米的竖井式山洞。人们围着洞口，里面深不可测。在确定了山洞没有别的出口，并且哈奇绝对不可能自己爬出来以后，警官铁木辛哥往洞中丢下两个手雷，随着两声沉闷的爆炸声，这场无奈的闹剧终于收场。

我把自己观察到的一切写进了我的小说中，效果很好，但是我怎么也忘不掉那头公狼。半个月以后，我接到了班的电话："我想，你有必要来看一下，琼！"我到了那里，原来，班也忘不了那头老公狼。他想了很多办法，最后索降到山洞里面。洞底异常宽阔，里面白骨累累，那是失足坠入的其他动物留下的，在那些骨架的上面，正是老公狼哈奇的尸体。它的后腿已经断了，但是两只前腿依然倔犟地挺立着，头颅高高地扬起，看着洞口的方向。

我们发现洞内有一条凹槽，一定是求生的本能使它将脑袋和腹部紧紧地贴了进去，只是被手雷炸断了露在外面的后腿和尾巴，没有当场死去。但是它再也无法突围，生命的大限终究来到，只是，它至死也不肯倒下，而是靠两条前腿支撑起身体,仰望着头顶自由的天空!

　　我再也无法忍受眼前的一切,瞧瞧,我都做了些什么?我们不但杀死了它,还试图羞辱它,这样的罪过,我一生也无法洗刷……安息吧,哈奇!达尔,原谅我……

乡间稻草人

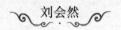
刘会然

　　在乡间田畴，稻草人是最常见的，在撒播种子时节，在稻谷金黄时节。微风吹拂，稻草人会远远地朝你挥手致意。

　　在鸟的眼里，稻草人是他们的最恨，稻草人待在一个地方一动不动，像主人忠实的奴仆，张牙舞爪。愤怒的鸟会用粪便作武器，像空对地导弹，把粪便狠狠地砸向稻草人的头顶。可惜的是不管导弹的威力有多么威猛，可就是射不穿稻草人头上的稻秸草帽，风一吹，稻草人依然舞动着长长的衣袖，迎风而舞。鸟很沮丧，只能远远地避着稻草人。

　　一次，我问爷爷："鸟儿这么怕稻草人，难道稻草人有生命吗？"

　　爷爷说："谁说稻草人没有生命？"

　　每年谷雨过后，发出翠芽的谷粒就要被农民洒向平坦的秧床。春天的鸟儿历经寒冬的饥饿，会没命般扑向稻田。农民没有精力去和鸟儿战斗，农民找到了自己的代理人——稻草人去和鸟儿们斗，聪明的农民和鸟儿们打的是一场代理人战争，自己一年下来毫发无损。

　　每年早春，家家户户都要扎上几个稻草人。爷爷扎的稻草人总是全村最好的。爷爷每年冬天就要物色好扎稻草人的棍棒，爷爷说这是稻草人的骨骼，不能马虎。村里人都是很随意地选择柳树和陈年的松枝，爷爷选择的是枯瘦的乌桕树或粗壮的木槿树。别人是弄好十字架后往上面捆上稻草，胡乱地穿上不整的旧衣衫。爷爷说稻草是稻草人的肌肉,要有型,于是爷爷用藤条把稻草人扎得有型有肉。爷爷给稻草人穿上厚重的长衣衫,腰间还要别上锃亮的铁皮腰带。爷爷扎稻草人很慢,慢得母亲难以忍受,骂他是扎自己死去多年的婆娘。爷爷不理不睬,依然慢慢拾掇点缀。待把稻草人插在田畴后,爷爷才会心一笑。爷爷曾和我说过,谁扎的稻草人好,稻草人就能赶走更多贪嘴的鸟儿。谁用心去打扮稻草人,稻草人还会远远和你打招呼呢。每次,爷爷看到稻草人后都会眯着眼笑,这时我也会看到稻草人挥舞袖子朝爷爷呼喊。

爷爷说:"稻草人不吃不喝却忠实地守护着稻田,比有些人强啊!"

每次爷爷经过稻草人身边,都会很耐心地帮稻草人整理被风吹凌乱的草帽和衣衫,有几次,我竟然看见爷爷和稻草人在窃窃耳语。

有一次,爷爷对村里一向慵懒的土根一阵大骂,骂的原因竟然是土根扎的稻草人松松垮垮的,没有一点人样,骂得土根莫名其妙。

土根回嘴说:"稻草人不就是个吓吓鸟的傀儡,还讲究个屁。"

爷爷愤怒了,跑到土根田里拔出稻草人就往家里走。土根是爷爷的侄子,他一脸无奈地看着爷爷蹒跚离开。

第二天,人们发现土根家田里的稻草人比土根的婆娘都漂亮。土根二话没说,提起家里的一坛陈年米酒来到爷爷屋里。

爷爷离开我们已有十来年了,每次我回到家乡,看到田里的稻草人,都会想起我那可爱的爷爷。如今,身处都市,很少见到富有灵性的稻草人了。

前些天,我和儿子到城郊散步,看到城郊有人竟然用些破损的塑料模特来赶鸟兽,可鸟儿一点都不惊惧这些缺胳膊少腿的模特。塑料模特的确很像人,可它毕竟只有人的形却没有人的魂,没有魂的模特怎能威慑到鸟兽?

稻草人的根基是泥土,乡土是稻草人灵魂皈依的所在。我想,稻草人永远只能生活在充满泥土味的广袤乡间。

龙边河

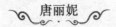

唐丽妮

村子很老,小河也很老,在群山翠汪汪的怀抱里相依相偎。

小河水浅,不通船。可是小河若发了大涝就能运木材。祖祖辈辈,村里人进山把大树砍了,堆在山下的小河边。

"乓!"一道耀眼的白光后,山里再抛出一声脆响,村子就炸开了,像一串红彤彤的爆竹,欢天喜地地炸开了。大人孩子从青砖瓦房里跑出来,赤脚,亮着头发,扎进密匝匝的雨幕中,跑到小河边。

孩子们看的是热闹,大人们干的才是正事。队头为首,头扎红布条,甩掉粗布上衣,扎紧裤头带子,人手一根光滑的长竹竿,竹竿一头的铁钩子油黑尖利。在小河两边排开,凝神听。

河边的老榕树下,魁梧的老人,稳稳坐在大石上,灰白发,黑红脸,目光像钩子,又尖又利。是前任队头海龙。

"隆呼呼——"有吼声远远地潜着河水过来。

"发大涝喽!发大涝喽!"孩子们蹦得像一群青蛙。

"不是大涝!是龙,河龙!"大人更正。

先是一股黄浊的水,然后才是高昂的龙头,扑嘟扑嘟直扑下游。一眨眼,弯弯的小河就被河龙塞得鼓胀胀的,满眼的黄,满眼的汹涌。接着,有大大的木头被源源不断地卷下来。

孩子们屏住了呼吸。

"敬河龙——起喽——"队头摔了一大海碗酒。

"嘟、嘟、嘟……"钩子纷纷抛下河,大木头一根接一根被拖上来。

雨,越下越痛快,疯了一样砸到人的头上身上。

"队头,下去!队头,下去!"孩子们围在队头屁股后面,激动得挥着拳头直跺脚。队头转过黝黑的脸庞,露两排亮闪闪的牙,湿漉漉的大眉毛挑起来:"谁跟我下?"小屁孩们轰一声散开了。

队头哈哈大笑,拍拍牛皮锣鼓般的胸膛,跃入混浊的涝水里。

"好!好!"岸上一片叫好,夹着女人的声音。

又有几个虎头青年跳下去,一边钩木头一边偷眼瞧躲在人缝里的妹子。妹子们虽然戴了竹叶笠儿,穿了花布衫子,可抵挡不了疯狂的流氓的雨滴。那雨滴绕过竹叶笠儿,把衫子打湿,让衫子软绵绵地贴着莲花一样好看的胸脯。

钩子抛得更欢了。当然,他们钩的不再是木头,而是妹子的心。比如队头,就凭着他祖传的大铁钩钩走了村里最好看的妹子阿萝的心。

阿萝新编的竹叶笠儿,新鲜的清香被雨滴溅得四处飞。人一挤,笠儿掉了,随大旋涡往下游奔。阿萝扯着精湿的大辫子急得要咬破嘴唇。队头一个猛子,竹竿子一挑,竹叶笠儿就被擎了起来,像朵漂亮的大菌子。阿萝的润红脸,笑成了一朵雨中的野蔷薇。

当然,这只是一个历史的画面,时光滴滴答答走了一小段的抛物线,村子就跨过了三十个年头。

三十年后,一条宽大的公路从村子和小河中间穿过,七弯八拐往群山的深处削去。路两边,小河好像变小了,村子却变大了变新了,水泥小楼比着抻脖子,挤挤挨挨的,像蜂窝。而环着村子和小河的翠汪汪的群山,绿色却稀疏了,仿佛那些杉木松木桂木都长了腿往村里挤去了一般。

队头的头领地位已被儿子水龙代替。当然,水龙驾驭的不是河龙,而是路龙,是那条盘山公路。几年前,水龙不顾队头的反对,召集村民向县里申

请修了那条大公路。山里的木材终于源源不断地运出大山,村人的荷包终于饱胀起来。水龙顺理成章当选村主任,住村里最高的楼,养村里最漂亮的媳妇儿,听说那是城里的妹子。

不过,水龙有水龙的奔头,队头有队头的活法。老榕树的叶芽儿刚冒尖,队头蔫了一秋冬的耳朵就陡然竖起,把油黑尖利的大铁钩请出来,擦了又擦。

果然,一道白光过后,从山里抛出一声闷响:"轰——"紧接着,豆大的雨珠夹着豆大的冰雹铺天盖地地砸下来。大人们纷纷从山里地里往小楼里钻,一些孩子蹦进雨幕里扬起脆嫩嫩的笑声捡冰雹,但很快就被大人拽进屋。只有一个五六岁的孩子,甩开阿妈的拉扯,光着小膀子提了根带小钩的细竹竿乐颠颠地跟着队头跑。那是队头的孙子大龙。

队头除生了白发,还跟当年一样,红布条,光膀子,大脚丫,大铁钩,伫立在小河边,凝神听。大龙提着他的小钩子站旁边,也屏气儿听。

很快,涝头扑到,浑浊的河龙张牙舞爪地卷了过来。但河龙没带来大木头,而是翻起层层泥沙,混杂着野草,偶尔有几棵连根带叶的小树。

队头对付木头,大龙对付小草,钩得起劲。大龙两眼晶亮,忽然说:"阿公,我也钩木头!"

可是,大龙没能把木头钩起来,自己却掉进了污浊的涝水里。

队头大惊,"咚"地跳下,一把抓起大龙抛上岸。没想有棵小树突然横扫,队头轰然入水,旋即跟疯狂的河龙纠缠在一起。

大涝退后,队头被找到了。下游一根伸出河面的大榕树枝救了他的命。他的手却不行了,抖个不停,大铁钩拿不住,连大龙的小铁钩都拿不稳。

老榕树下,队头魁梧的背驼了。没有风,水很静,树很静,昏黄的日光透过几片榕树叶子,从身后斜斜照过,在河面投下一个残缺的薄影子,像一根腐朽的木头在漂。

公路上,水龙开过一辆大卡车,满车厢粗细不一的木头。

不远的路边,还有一老一小,小的把树苗放进坑里,老的一铲一铲培土。

老的是阿萝,小的是大龙。

鹰的故事

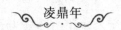

凌鼎年

　　阿德是长江边的农民,种点儿蔬菜,养点儿鸡鸭。因离娄城不远,那些蔬菜、鸡鸭都给城里的饭店包了,小日子过得还算滋润。

　　早年,长江边滩地大,芦苇荡一大片一大片的,每年有大量的候鸟飞临,就是本地的鸟儿也是随处可见。但近年江滩建了码头,大树进城,乡间的鸟儿越来越少。阿德想起儿时掏鸟窝、养小鸟的乐趣,不禁有些失落。

　　有一天,去城里送鸡鸭的阿德在回家的路上,见田埂上有一只毛还没有长齐的小鸟,也不知是从鸟窝里掉下来的,还是哪个调皮的孩子掏了鸟窝又无心喂养扔掉的。阿德看着这可怜的小鸟,动了恻隐之心,就把这只小鸟带回了家。

　　阿德平时要忙地里的活儿,还要喂那些鸡呀鸭的,哪有时间去侍候这鸟儿?就把那鸟儿往院子里一放,鸡吃什么它也吃什么,晚上那鸟儿就栖在了鸡窝里。渐渐地,那鸟儿的羽毛开始丰满了,阿德越看它越像鹰。只是那鹰每天与群鸡一起抢食吃,最多与其中的几只跳到院子里的桃树上,并不起飞,可能鹰也习惯这种生活了,可以说是相安无事。但鹰毕竟是鹰,渐长渐大,那架势确乎有点儿威风凛凛。

　　邻居对阿德说:"这老鹰捉小鸡,我们从小就听说的,狗改不了吃屎,鹰改不了吃鸡,你还是把这鹰卖了,要不哪天吃了谁家的鸡,追究起来,大家脸

上不好看。"

阿德想，它连自家的鸡都不吃，难道还会去吃别家的鸡？也就没有当回事。

秋天的时候，隔壁黄家、陆家先后发现自家的鸡少了，他们怀疑是阿德家的鹰偷吃了他们家的鸡。阿德说："不可能是鹰吃的，因为这鹰从来也不飞出去，怎么可能偷吃别家的鸡呢？"

可邻居不信。黄家扬言下次看到这鹰偷鸡，非打死它不可。陆家提出要赔他家的鸡。阿德为息事宁人，就给了黄家与陆家各两百元钱。

过了几天，黄家与陆家又来吵，说鸡还在少，还说阿德家的鹰可精怪，兔子不吃窝边草，专偷吃邻居家的鸡，这样下去不行。

阿德哪舍得打死鹰？而接连不断地赔，他也赔不起，无奈，只好到江边把鹰放生。仅仅过了一天，那鹰又回来了，也不知是走回来的，还是飞回来的，那鹰似乎对阿德家很留恋、很有感情。

鸡，还在减少，连阿德家的鸡也开始少了。阿德想，也许是这鹰趁自己不在家的时候干的。为了平息村民的愤怒，阿德打算将鹰放远些，让其自生自灭。阿德开了车，一直开到江边的帆山，爬上了山顶。帆山的东边是悬崖，下边是江滩。阿德想，听天由命吧，狠狠心，把那只鹰扔了下去。那鹰快掉到江滩时，突然展开翅膀飞了，一会儿就盘旋在帆山上空，盘旋在阿德的头上，阿德的泪忍不住掉了下来。

阿德放掉鹰后，鸡依然在少。黄家与陆家都说看到了鹰，说一定要打掉鹰。但鹰高高飞翔在空中，不是说想打掉就能打掉的，黄、陆两家恨得牙根儿痒痒，只能背后骂阿德缺德。

阿德其实比邻居更早看到鹰的雄姿，他连续观察了好几天，从来没有见鹰俯冲下来抓小鸡。怪了，那鸡怎么会少呢？阿德开始留心，观察起了鸡窝。终于，在一个月夜，阿德发现有黄鼠狼在偷鸡。

阿德知道，没有证据说什么也是白搭，必须让证据说话。他自制了逮黄鼠狼的夹子，很快就逮住了一只肥硕的黄鼠狼。

阿德让黄家与陆家看了那只黄鼠狼，又给两家各送了一只他自制的黄鼠狼夹子。黄家与陆家知道错怪了阿德，羞愧万分，邻里关系又恢复如初。从此，阿德闲来没事，就会望着天空，呆呆地看很长很长时间，一旦发现那鹰的身影，就会露出一种复杂的表情。

河 鱼

乔 迁

老张爱吃鱼。

老张不去市场里的鱼摊上买。老张说:"那鱼都是池子里养的,死水里的鱼能鲜吗? 不能。"市场外面有卖鱼的农民,这里没有海,也没有湖,只有为数不多的几条河,农民卖的鱼就是从这有限的几条河中捕捞的。吃农民从河中捕捞的鱼,老张感觉味道就是比池子里养的鲜。

老张总在老李处买鱼。老李是一个五十多岁的农民,黑瘦黑瘦的。老李住在郊区,一条河从老李家的门前流过。老李卖鱼不像那几个农民,他卖鱼是用筐盛来卖,不用桶或盆。桶里盆里除了鱼外,还有水,一捞鱼,水淋淋的,总感觉买鱼也买了水。买老李的鱼就没这种感觉,鱼在筐里,筐能盛住水吗? 买主看中哪条,伸手抓上来,干干的,满意了便称给你,不满意再抓一条。因此,老李的鱼总是卖得快。

老李的鱼卖得快,老张便总是早早来买,怕晚了买不到。老李总是把秤翘得高高的,而且还极守信用。老张只要告诉他留鱼,即使老张晚来了,他也给老张把鱼留着,还是最好的。老张过意不去,有找零的时候,三毛五毛的,老张就不让老李找,老李不干,抓了条小鱼扔在老张的袋子里。老张就感动地拍拍老李的胳膊说:"现在上哪儿找你这样的人啊!"

有一天,老张买鱼时对老李说:"什么时候去你家里转转,这城里实在是太闷了，闷得人都臭了。"

　　老李的脸倏地就红了，激动地说："那敢情好，那敢情好，只是我家里埋汰，脏了您……"

　　老张说："这叫什么话？我家里倒是干净，可闻得到新鲜空气吗？连点泥土的气息都没有，有的只是水泥的气息呀！怎么？不欢迎啊！"

　　老李忙说："不是，不是，就是没什么招待您的。"

　　老张说："你就拿我当你的朋友……不，咱俩就是朋友，我以后还想经常去你那儿转转呢。你弄得麻麻烦烦的，我哪里还好意思总去。简单，炖条鱼就行。"

　　老李搓着手说："哪能让你吃鱼呢！我没想到你一个城里人能跟我这个老农交朋友……明儿个就去，明儿个就去。"老李激动得眼睛有些湿润了。

　　老张说："老李你可别这么说，这样，你明天卖完鱼我就跟你去。"

　　老李忙说："明儿个不卖鱼了，我在家等你。你到郊区就下车，我接你。"

　　老张过意不去，就说："耽误你卖鱼了。这样，酒我带，咱俩好好喝一杯。"

　　老李看看语气坚决的老张，嘿嘿笑了笑，算是默许了。

　　老张第二天一早便去了。老李接到了老张，领着老张转，看花看草看水的，看得老张大口大口地呼气吸气，像是要把身体里的浊气都换掉似的。

　　转到中午，回到老李家吃饭，老李早叫老婆杀了一只下蛋鸡。下蛋鸡端上来，老张不高兴地说老李："怎么能把下蛋的鸡杀了呢？不是跟你说了吗，到河里捞条鱼给我吃就可以，我喜欢吃鱼。"

　　老李把酒倒上，跟老张碰了杯，喝了一口说："不吃鱼——谁还吃鱼啊？"

　　老张喝了一口酒说："经常吃鱼有好处，尤其是河里的鱼，自然鱼价值最高，我这一年吃多少条你捕的鱼啊！"

　　老李狠咽了一口酒下了决心似的说："以后我的鱼你别吃了，那不是河里的鱼。我们都不吃的。"

　　老张就吃惊地望着老李。老李脸红了说："你都拿我当朋友了，我就不

能再骗你了,现在河里哪还有什么鱼啊?这鱼都是我从池子里捞出来,再用网兜着放在河里泡着,也就是借点儿河水的味儿。"

老张心里叹息了一声,说:"有点儿河水的味儿也比没有强啊!"

老李把杯子里的酒一口干掉说:"强?强个屁呀!这河水哪儿还是河水呀,你们城里的废水全排在河里了,这河水都成毒水了。"

老张就感觉到胃里有东西在游动,好像是老李卖给他的那些被他吃掉的鱼都活了。老张使劲地往下压,没压住,"哇"的一下把吃进肚子里的东西全喷了出来。

老李吓坏了,忙过来扶老张,问:"怎么了?"

老张站起身来,出了老李家,头也不回地向城里走去。

老张再也不吃鱼了。不买鱼,老张就没再见过老李,但老张知道老李还在市场外卖他干爽爽的河里鱼呢。

古松之死

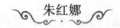

朱红娜

　　古松究竟有多老,谁也说不清楚,古松树干下端一个三十公分宽的洞口已被磨得光滑顺溜。

　　听村里的老叔公阿福说,他爷爷的爷爷小时候就在古松树里捉迷藏,在树洞里玩游戏了。阿福叔公也是在树洞玩大的,与阿福叔公一起在树下玩耍的旺财十几岁时被国民党抓壮丁的抓走了,当时阿福手脚敏捷,三下两下就蹿上了树顶,没被国民党发现,逃过了一劫。听说旺财后来就去了台湾,再后来还发了财。但旺财一直没回来过。

　　自从那次国民党洗劫过松岗以后,再也没有外人来过,松岗的村民过着几乎与世隔绝的生活。古松就像松岗的一块磁铁,粘附着村里的人们。村里开会,树下就是一个会场,遇上村里的红白喜事,古松树下又成了一个欢聚的场所。天气热的时候,人手一张小凳子,不约而同地聚在了古松树下,上了年纪的老人,往往要抬一张竹子做的躺椅,躺在椅子上,悠哉悠哉。村里的小孩依旧在古松树下挥霍着他们的童年。世世代代,年年月月,松岗的村民在古松树下繁衍生息。

　　突然有一天,村里来了一男一女两个城里人,他们被古松震惊了。男人与女人手牵手围着古松拥抱,然后好奇地把头钻进树洞。男人手握相机,前后左右,远远近近,拍了个遍。男人告诉阿福叔公,他是市报的记者,从没见

过这么古老硕大造型奇特的松树，就连书上记载的都难得有这么大。他肯定地说："这古松是我市最大的古松，说不定还是全省之冠呢。"听得村人一愣一愣的。

几天之后，记者又来了，他带来了一份刊登着大幅古松图片和文章的报纸，还带着一帮人来参观古松。来人个个惊叹不已，纷纷将头探进洞内，或者爬到树上，摆出各种各样的姿势，与古松缠绕。照相机"咔嚓""咔嚓"地响个不停。

一夜之间，松岗声名鹊起。沉寂了几百年的村子，突然就像旭日一样，热闹了起来，每天老老少少的男女，开着小车、摩托车接踵而来，遇到周末或是节假日，更是人流不断。更有年轻人背着背包，徒步而来，然后就在村后的山上搭起了帐篷，花花绿绿的帐篷宛如一簇簇的花团盛开在松树之间。他们说，松树是制造负离子的功臣，松岗是一个天然的大氧吧。

不久后的一天，村主任陪同一位胖胖的老板从奥迪车上下来，找到阿福叔公说："老板看中了古松，想高价买下古松。"

阿福叔公说："古松可不能砍。"

主任说："不是砍，是移栽，就是移到别地去种。"

阿福叔公一听，"噗"的一声将正在喝的茶水喷了出来，随即喷出来的还有一句硬梆梆的话："乱弹琴，古松能移栽吗？"

"这不用管，这是我们的事。"老板说。

"不卖。"阿福叔公斩钉截铁。

"他出价五十万。"主任增大了分贝。

阿福叔公又将茶水喷了出来："五十万？你买来做什么？"

"他是旅游开发区的老板，想将古松移栽到旅游区去。"主任告诉阿福叔公。

老板随即从包里拿出一叠人民币，递给阿福叔公："老叔公，这是一万元，我孝敬您的，事成之后，我还会重重酬谢您的。"

"老板啊，这是害树又害人的事情，我告诉你，就是神仙也移栽不了古松,别说五十万,五百万也白搭。你收起你的钱,请回吧。"阿福叔公说完,起身下了逐客令。

村里沸腾了。"五十万!"年长者感叹。年轻者起哄:"卖吧、卖吧。"声浪一浪高过一浪。

"少数服从多数,村里决定卖古松。"村主任一副居高临下的姿态,明显带着威胁的口气对阿福叔公说。

"你敢!"阿福叔公眉毛竖立,双眼圆瞪,"谁敢卖古松,我就跟谁拼了。老祖宗留给我们的财宝,我不能让它在我手里毁了。"

"哼。"村主任从鼻腔里喷出一股酒气,随手掏出一张皱巴巴的纸对阿福叔公扬了扬,"有大部分村民的签字,你不签也没问题。"

不容阿福叔公细看,村主任头昂昂地走了。

不几天,村里果然开来了一辆钩机。早有眼尖的村民赶紧跑去告诉阿福叔公,阿福叔公手拿一根麻绳,扛着一把锄头,颤巍巍地走到古松树旁,嘱咐村人将自己绑在树上。村主任一看大事不妙,忙叫村民阻拦阿福叔公。

阿福叔公随即举起锄头,怒吼:"我看你们谁敢过来,老子今天就与你们拼了。"

众人畏惧阿福叔公的威严,纷纷退却。

胖老板岂肯就此罢休,吩咐手下拖住阿福叔公。

阿福叔公挥舞着手里的锄头大叫:"谁敢挖古松,我先锄了他的头。"

胖老板手下附在他耳旁嘀咕了一阵。胖老板一副无奈表情,对村主任说:"算了,闹出人命来,是大不吉利的事。"

手一挥,钩机便轰隆轰隆走了。古松随风一阵飘动,仿佛为刚刚逃过的劫难舒了一口气。

这年春节,阔别家乡六十年的旺财回来了。卧病在床的阿福叔公紧紧抓住旺财的手:"我唯一放心不下的就是古松,拜托你了,保住古松。"

旺财泪流满面,不住地点头:"一定,一定。"

旺财给村里建了学校,翻新了祠堂,还给了村里五十万,村里保证再不

环保中国·自然生态美文馆

打古松的主意。旺财又拿出十几万在古松的四周建起了一米多高的水泥围台,古松犹如种在了一个偌大的水泥盆里,壮观,气派,雍容华贵。

可是,慢慢的,村民发现古松开始枯黄了,枯干了。

最后,竟然死了。

古松就这样死了。那一年,阿福叔公也死了,死的时候,一直喃喃道:"怎么就这样死了呢?"

一山丹桂

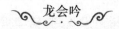

龙会吟

庆爷是从林业部门退休的。庆爷退休以后,不在城里享福,却要回到乡下去。乡下有他的儿子,还有他的孙子。

退了休的庆爷没有别的嗜好,不喝酒,不吸烟,不打牌,不钓鱼,唯一的爱好是栽树。庆爷在林业部门干了几十年,和树木结下了深厚的感情,一天看不见树,心里就憋得慌。退休回家后,到了植树季节,他天天都想着栽树,晴天栽,雨天栽,屋前屋后栽,田头地边栽。栽松,栽柏,栽柳,栽杉。

栽得儿子心烦了,没好气地数落他:"栽栽栽,成天只晓得栽,栽那么多的树能当饭吃。"

庆爷不生气,只是惊讶地看着儿子,好像看着天外来客:"栽树不能当饭吃? 没有树你才没饭吃! 一点不懂生态环境。"

儿子不听他的"生态环境",脖子一扭就走了。倒是小孙子对爷爷的"生态环境"很感兴趣,缠着爷爷问:"爷爷,什么叫生态环境?"

庆爷蹲下来,一把搂着小孙子,说:"生态环境就是有很多的树,地球上树多了,生态环境才好,人类才能过上好生活。"

给小孙子讲完了生态环境,庆爷又捎着锄头去山上采树苗。

屋前屋后栽满了,自家的田头地边也栽满了,儿子就想:"看你现在到哪里去栽,你总不能栽到别人家的屋前屋后田头地边去。"

哪晓得庆爷又发现了新大陆。他瞄上了村后那座乱石坡。乱石坡尽是石头，不长草，也不长树，上世纪80年代划分责任山时，村民谁也不要。村民不要，庆爷要。庆爷天天朝乱石坡上跑，他先要考察考察，乱石坡上栽什么树合适。

那一夜，庆爷看一部反映红军革命斗争的电视剧，在《八月桂花遍地开》的歌声中，漫山遍野的桂花开了，那热烈的画面使庆爷心驰神往。他想，要是在乱石坡上栽上桂花树，到时桂花盛开，丹桂飘香，那是何等的美丽！

他就四处寻找桂花苗。树苗没找到，腿却折了。一次在山里寻找树苗时，他从山上摔下来，摔断了腿骨。从此再不能出门，只好天天呆在家里。他就把希望寄托在儿子身上，要儿子在乱石坡上栽上桂花树。

儿子爱理不理。

他拿出一本存折，放到儿子面前，说："栽树需要的钱，你只管取，这存折你拿着。"

儿子接过存折，捎着锄头出了门。天黑时回家对庆爷说："爹，今天只栽了十株。"

庆爷好高兴，说："十株也好。一天十株，一个月就是三百株。"

儿子得到表扬，抿着嘴巴笑了。从此每过几天，就要向老爹汇报，又栽了几株，又栽了几株。几株几株中，光阴荏苒，冬去春来，庆爷计算着乱石坡上的桂花树应该栽得差不多了，就要儿子搀他去乱石坡上看看。

儿子脸上掠过一片慌乱。乱石坡哪有什么桂花树，从冬到春，他一次也没去过乱石坡，一株桂花树也没有栽过。他一直在对老爹撒谎。他说："爹，你不能走路。就别去了，路远着哩。"

"你是不是没栽桂花树？"庆爷严厉地瞅着儿子。

"栽了。"儿子小声说着。

"栽了就搀我去看，我要亲眼看看你栽的桂花树。"庆爷固执地说着，挂着拐杖，执意要去乱石坡。儿子没辙儿了，想，去就去，到半路时，再想办法把他哄回来。

儿子就搀扶着庆爷向乱石坡走去。走一程，就问："爹，累了吧？要是走不动了，现在就回去。"

庆爷不回去，走得大汗淋漓，腿痛得钻心也不回去。儿子只好把心一横，心想："挨骂就挨骂吧，你总不能把我吃了。"于是就搀着庆爷继续走。

乱石坡越来越近，儿子的心也越来越紧张。走到乱石坡下，看着光秃秃的山头，他的心差点跳出胸膛。他知道爹就要对他发火。

庆爷却没有发火，两眼痴痴地望着乱石坡，脸上竟然漾出了笑容。

儿子疑惑地问："爹，你在看什么？"

"我在看丹桂，我看到了一山丹桂！"庆爷兴奋地说。

"一山丹桂？"儿子大吃一惊，忘记了自己撒过的谎，说："哪里有什么丹桂，谁会在乱石坡上栽丹桂？"

"我孙子在栽丹桂！"庆爷抬起手，指着乱石坡。他看见他的孙子和几个小伙伴正在挖坑栽树，栽的正是一株丹桂。"我孙子比他老子强啊，他们会栽出一山丹桂的。"庆爷感慨地说着，热泪簌簌流下。

刷刷地，儿子突然觉得自己矮了下去。

麦粒金黄

刘怀远

一大早，保成老汉就去打扫麦场，有过路的人问："干啥?"

保成大声回过去："晒麦!"

保成细细地扫，又有人路过，问："干啥?"

保成大声地回过去："晒麦!"

保成心里说，又不是头发长见识短的娘儿们，问什么问!

他拿了扫帚出门时，老伴就嘟囔："你看如今谁家还这么仔细地晒麦?你以为还是用镰刀割麦子的年代啊?"

保成不答话，知道说不过老伴儿。是的，现在的麦场都荒芜了，碌碡也不转动了。以前割麦怕麦粒爆在地里，都是麦粒还没十分熟就割了。现在收麦呢，要等麦粒硬梆梆瓷实了，请来收割机。收割机开进地里，从这头走到那头，满地的麦子就分别成了麦秸和麦粒，麦粒灌进编织袋，直接卖给面粉厂。

村里还有谁晒麦子吗? 有谁还摊在场里这么仔细地晒麦子吗?

保成。保成就这么晒他的麦子。

麦场扫净了，保成回家吃了早饭，开了农用车，先拉北洼机井地收来的麦粒，一车、两车、三车才拉完。最后拉沟西坡地上的麦粒，一车就都拉来了。保成坐在麦袋上，喘口气，掏出儿子送的防风打火机，点燃纸烟抽起来。

太阳高了，保成摸摸场地，地面没有潮气了，好像还有了些许阳光的温暖。保成先把北洼机井地产的麦粒一袋一袋地倒出来，然后用木耙推平摊薄。远远望去，他像一位厨师，在摊制一张大大的煎饼，但煎饼不是金黄色，而是土黄色，既有土地的黝黑又有阳光的鲜亮金黄。保成露在衣服外面的手臂就是这个颜色，只是岁月蚀去了肌肤的亮色。

北洼的麦晒完了，保成又晒沟西的麦。保成依旧先把麦子一袋一袋地倒出来，然后用木耙推平摊薄。远远望去，他像一位厨师，在一张大煎饼旁边又摊制了一张小煎饼。

摊完了，保成抬手用衣袖擦擦额上的汗，掏出打火机点燃一根纸烟。烟雾在炎热的空气里令人窒息，而保成却津津有味地连吸了几口。

一辆电动车经过，停下来，保成认出，是面粉厂的二根。二根跳下车来，从"大煎饼"上抓起一把麦子："嚯，麦粒真饱满，一看就是水肥跟得紧。"

保成得意地嘿嘿笑，摸索出一根纸烟递过去。

二根又走到那张"小煎饼"旁，说："这个差点儿，秕瘦些。"

保成点点头，说："今年怪呢，饱满的只上了肥浇了水，连农药都没打；秕瘦的费的心血大，蚜虫治了几遍。"

二根说："晒完了卖给我吧。你不用分开晒，我都给一个好价！"

保成一指秕瘦的："傍晚时你拉去，价格好说。"

二根看着饱满的，说："那个呢？"

保成挠挠头皮，好半天才说："我卖给外地来收麦的。"

"为啥呢？他给的价格不会比我给的高。"

"不为啥，我自己的麦子自己还做不了主？"

二根脸长了些，不再说话，坐上电动车，吱的一下开走了。

越来越热了，保成隔一会儿就用木耙把一把麦子，麦粒就上下左右地滚动，上面的翻到了下面，下面的则翻到了上面。保成额上亮闪闪的，但他对今天的太阳非常满意，麦晒好了啊。

午后，眯了一觉的保成又来把麦子，听着声音，他知道，麦粒已经干透

了,足能硌疼牙齿。他看看日头还高,就打定主意,再晒一会儿吧。

老伴拿了簸箕过来,说:"你个老小子,这一晒,怕要晒去百十斤的重量呢,算算,多少钱没了?"

保成嘿嘿一笑:"就你话多! 快帮我干活儿,干累了,你就不像画眉鸟似的乱叫了。"

这时,一辆农用车开来了,是籴麦的。那人微笑着说:"大叔,这麦子卖吧?"

老伴说:"你帮着收起来,就卖。"

那人边抓了一把来看,边说:"这个忙我会帮的。"

保成却拦住,问:"你的麦子卖哪里去? 是哪个面粉厂?"

那人说:"是卖大面粉厂。"

保成又问:"他的面粉卖哪里呢?"

那人说:"都卖大城市了,咱这附近不供应的。"

"哦,"保成点点头,说,"灌袋吧,卖给你。"

"大煎饼"都装进了袋子。

那人指着"小煎饼"说:"这个我也要。"

保成摇摇头。那人说:"我给一样的价。"

保成还是摇摇头。

那人疑惑了。

保成说:"我要卖给俺村的面粉厂。我们自己也要吃面的啊。"

那人笑起来,说:"您把麦子换成钱,难道拿钱还买不到面粉?"

保成说:"卖给你的麦子饱满、不霉,还没农药;剩下的都打过农药,留下来自己吃。你问为啥? 告诉你,我儿子、儿媳妇和孙子都在城里,我想让他们吃到放心的粮食。有毒的食品吃多了,怕他们身体顶不住。"

那人更是笑起来,笑弯了腰:"心意是好,未必你儿子能吃到一口啊。"

"城里有那么多农村人在打工,总该有人会吃到吧? 种田的父母如果都把最好的粮食卖出去,他们每个人都会吃到!"

那人神情凝重地望着保成,又望望镀满阳光的麦子,顿觉眼前一片金黄。

白鸟之死

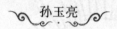

孙玉亮

客厅里有两只鸟:一只八哥,一只白鸟。

八哥是妻的;白鸟是伟的。八哥是鸟市上买的,白鸟是伟远方的同学送的。

其实,"白鸟"并非这只鸟的真名字。称之为"白鸟",是因为它有一身洁白的羽毛,就连它的嘴、爪都是白的,通身像一团雪。至于它的真实姓名,伟也不太清楚。

饭后遛鸟,悄然间成了一种时尚。掂着鸟笼遛神儿,偶尔还会碰见几个熟人。既是修身养性,又能联络感情。

晚饭过后,妻提着八哥去了公园,伟拎着白鸟去了广场。

来广场的人,多半掂着鸟笼。这里的鸟八哥、鹦鹉居多,白鸟是独一份。

"你好,遛鸟呢?"一个陌生的声音钻进伟的耳朵。

伟惊奇地回头一望,身后却是个极熟悉的人,他是军。"礼貌"来自军手上的八哥。

伟和军是大学同学,且是要好的同学。如今,两人都是镇长。伟是河西镇的镇长,军是河东镇的镇长,两人都是前途不可估量的年轻干部。

伟和军虽是同窗好友,可工作上却一直较着劲。县里今天召开了招商动员会,两人刚刚碰过面。伟和军各自把鸟笼小心翼翼地放在石凳上,弯着腰,脸对脸地站到一块。

伟问:"有啥打算?"他问的当然是招商的事。

军笑呵呵:"八小时以外,不谈工作!"

伟说:"我打算先修缮路桥,再调整布局……有了梧桐树,还怕引不来金凤凰?"伟的话直截了当,没有一点拐弯抹角。

军晃着身子,东张西望地听完伟的话。

军说:"把蛋糕割成块,分到各部门,各自啃去吧!把招商与升迁、奖金、考评直接挂钩,谁不急?"军每说一句话,小胖手都在空中用力一甩,样子像极了主席台上讲话的领导。

伟把嘴巴凑近军:"无论如何,污染项目千万可别上!"

军身子往后稍微一撤,陡然间摊开双臂,不耐烦地提着嗓子说:"老同学,这都是次要的,干工作要抓住关键!"说这话时,军用眼瞄了瞄那只八哥。

"王台长您好,遛神呢?"这句半人半鸟的话,让伟惊得瞪大了眼睛。他想,这鸟确实了得,不但认人精准,还能牢牢地记住官衔。

军急切地拔腿迎了过去,对面是一张笑得颇有分寸的脸。王台长肚圆、腿壮、嘴尖,俨然一只活脱脱的肥八哥。

僻静处,伟轻叩鸟笼,随即,白鸟吟唱出一串高山流水般的音符。幽静的暮色里,伟独享着白鸟的乐趣。

河西镇的招商工作紧锣密鼓地进行着,这些日子,伟一直吃住在办公室。几个月下来,他瘦了一大圈。功夫不负有心人,诸多的招商项目堆满了伟的办公桌。

伟请来专家团,对繁多的项目进行了严格的评估,污染项目,一律谢绝。最后,十家环保型企业落户河西。

再看河东的大小干部,一个个急得东窜西跑。听说河西有污染项目没着落,都急火火地纷至沓来。

伟皱着眉头,摸起电话。军办公室没人,打手机,无人接听。寻思片刻,伟决定去趟河东镇。

河东镇风景别致:路边彩旗飘扬,墙上展板鲜艳,空中横幅摆动……镇长办公室开着门,里面却空无一人。伟转过身,刚要回脚,"镇长、王台长录像去了!"这个半生不熟的声音让伟收住脚步。他向四周细看,没人!

伟抬脚刚想进屋探个究竟。"镇长不在,闲人免进!"伟一吓,他顺声望去,原来,办公室里挂了那只八哥。伟呵呵一笑。

找不到军,伟只好留下书信一封,把污染的事讲了个明白。

日历像鸟儿的翅膀,忽闪着薄薄的身子,一张一张翻转过去。说着就到了年底,县里就要召开招商表彰大会。

吃过早饭,伟习惯地冲白鸟打个响指,白鸟心领神会,它小嘴一动,舌尖发出一串轻盈的鸣叫。那声音似刀戈争鸣,既悲壮,又苍凉。

招商表彰大会会场上,掌声雷动,军披红挂彩,奖杯举过头顶……伟像霜打的茄子,耷拉着脑袋……

伟垂头丧气地回了家,电视上正播放着河东镇招商的专题片,军被簇拥在人群中央……屏幕一角是几缕袅袅的浓烟……

从此,伟也喜欢起八哥,那只白鸟渐渐地被他遗忘在角落里。

春节过后,县里进行干部调整,军被提拔为副县长,伟还是镇长,只是从河西镇调到了河东镇。

不久,河东镇暴露出严重的污染问题,上访事件层出不穷。伟被停职检查。

伟赋闲在家,心里空荡荡的,猛然间,他想起了那只白鸟。再去看时,白鸟已抑郁而死。

一年后,在军极力地斡旋下,伟官复原职。

客厅里再挂起两个鸟笼,一只是八哥,另一只还是八哥。

你看你看这蜂鸟

戴·希

我们谈笑风生，穿行在亚马逊河的热带雨林。

一只色彩鲜艳、美丽可爱的蜂鸟，热情地当起我们的向导。

它在我们眼前，扑棱着翅膀，嘎嘎嘎地欢叫，飞得平稳、轻快。

如果离得不远，蜂鸟会悬停在空中，等我们赶上；一旦离得远了，它就倒飞过来，迎接我们。当地人称蜂鸟为神鸟，因为只有它，是这世上唯一能倒飞的鸟儿，也只有它，能长时间地扑棱着翅膀，悬停于空中。

蜂鸟还一忽儿向左飞，一忽儿向右飞，怎么顺当就怎么带我们行进。

它飞行时拍打翅膀发出的嗡嗡声，几乎和蜜蜂飞行时发出的声音一模一样。

可爱的小天使，它要带我们去干啥呢？

答案很肯定：找树上悬挂的野蜂巢呗！因为它最喜欢吃，自己又摘不了。

亚马逊河热带雨林中的野蜂巢，不仅甜得不得了，而且营养价值极高。既能增强人体免疫力，据说抗癌效果又相当不错。

当地人一样喜食野蜂巢。他们与蜂鸟有着十分亲密的伙伴关系。

果不其然，蜂鸟很快带我们找到了那宝贝！它就悬挂在一棵大树的枝桠上，真不小哩，几乎要流蜜一般。

蜂鸟嘎嘎嘎地叫着,绕树环飞三圈,然后悬停空中,等我们采摘蜂巢。

我们在大树下左顾右盼,觉得爬树采摘很危险。一旦野蜂赶回,成群结队攻击我们,后果不堪设想。所以最后,我们眼疾手快,用长竹竿直接将野蜂巢戳下。

蜂鸟又嘎嘎嘎地在我们头顶的上空盘旋,眼巴巴地等我们分出一小块,放在地上,让它享用。

如果丁点不给它留,它真会记恨并报复我们?我们不信当地人的忠告。

故意把整块蜂巢都带走,以此试探蜂鸟的反映。

还好!蜂鸟丝毫没有争夺蜂巢之意。它在空中悬停片刻,眼珠骨碌碌一转,又嘎嘎嘎地叫着,继续向前疾飞,为我们当向导。

而且仍像先前一样,一会儿向左飞,一会儿向右飞,一会儿倒飞,一会儿悬停空中,很平稳很轻快的,总让我们能跟得上。

我们因此天真地认为:它不仅不会闹情绪,还会继续带我们去找野蜂巢。

哪里像他们描述的那样?我们庆幸。

殊不知很快,蜂鸟就把我们带进另一片林区,嘎嘎嘎地叫唤几声,便如离弦之箭,疾飞而去。转眼,无影无踪。

"咳!不带我们去找野蜂巢?或者,不给我们当向导啦?这,就是蜂鸟对我们的报复?"有人笑问。

可笑声未落,我们就听到了狮子的吼叫,而且隐隐约约看到了一大群狮子!

天!我们个个面如土色、魂飞魄散。记不起最后,是怎么逃出来的。

那一块野蜂巢,也不知丢到了哪里。

汗淋淋的,快出亚马逊河那片热带雨林,正后悔没听当地人的忠告,蜂鸟忽又出现在我们头顶的天空,扑棱着翅膀,嘎嘎嘎地欢叫……

一只鸭的飞翔

田洪波

"这只鸭子怪可怜的。"康平是在一个午后这么和我说的。那会儿,他从母亲家抱来的公鸭正在阳台上蹒跚。阳光折射出它眼里的无助。

显然,康平对如何安置它拿不定主意,这是刚去世的母亲留给他的唯一活物,他很慎重。

公鸭雪白的毛色在阳光下分外刺眼。

但康平之所以是康平,在于从小就没什么问题难得住他。

不久后的一天,他就拉我去了北山公园。我看到公园的人工湖里,成群的野鸭在翩翩飞舞。在它们斑斓的色彩中,我看到了一抹白色。我惊讶于康平的如意算盘,问他这样行吗?那只公鸭的颜色太刺眼了,说不定会被管理人员发现,而不得不将它从野鸭群中分开,也可能会被他们抱去宰了吃。

康平对我的担心只是摇头微笑,他喃喃着说,会好起来的。

我注意到,几日的厮混,已让那只公鸭和野鸭们和睦地相处在一起了。如果不是颜色的差别,真的很难辨别出它们的不同,我只有佩服康平。

那之后,康平就成了公园的常客。他不断向我反馈那只公鸭的消息。

康平也越来越得意,告诉我那只公鸭和一只母野鸭恋爱上了。它们几乎形影不离。

或许是好奇,也或许是无聊,我也跑去公园看稀奇,果然就看到它们相

亲相爱地依偎在一起。那只公鸭超常地殷勤，不时用嘴为母野鸭叼去身上的杂草和面包屑什么的。时不时，它们的嘴还会碰在一起，互相呢喃着。

这一幕震惊了我。我问康平，公园里没人管吗？

康平得意地打了个响指，反问我公园干吗要管？公鸭的到来，维系了野鸭群的生态平衡，说不定，它们的爱情还会结出硕果。他们干吗不睁只眼闭只眼？

这会儿的康平与母亲刚去世时判若两人。我还清晰记得他从乡下母亲家抱回那只公鸭时，那一脸的凄惶之色。

"这么说，你还成就了一段婚姻，做了它们的红娘？"我只有赞誉他的份儿了。

康平只是得意地笑了一下，然后目光追随着野鸭群的飞翔。他甚至惬意地把两只手在空中张开了一下。

康平有事干了。有事干的康平看上去气色很好。那种气壮在胸的感觉也膨胀了康平的自信心，他还找到了一份工作，一份月薪可观的工作。

好像是夏末的一天吧，康平对我说："它们有下一代了。"

我再次去见证它们的爱情。

果然，它们生下了一群孩子。孩子们的长相更像妈妈一些。毛色很杂，五彩斑斓的。它们的父亲，那只公鸭也显得更加突出了。它领着孩子们在湖中遨游。有时阳光强烈一些，它会很惬意地将眼睛闭上。而它的毛色，也常常引来人们的好奇。不时有人对它指指点点，悄声议论。

这时候的康平就现出一种得意，国字脸上有了笑容。

难得康平有这样的好心情，我在一旁也跟着激动。

不知从哪天起，我和康平惊讶地发现，湖面，竟然有了白色、泡沫状的漂浮物，而且，空气中充斥一种怪怪的味道。康平问我是怎么回事，我摇头。

但我们已经顾不得那么多了。那只公鸭，成了我和康平的共同牵挂。

一些野鸭陆续飞走了。

沮丧过后，我们欣喜地发现，那只母鸭并没有跟随同伴们飞走，而是选择留下来陪伴公鸭。

康平有些感动，他的情绪也感染了我，我们一致感叹它们爱情的坚贞。

它们领着一大群孩子，在漂浮物混乱的湖面上东游西荡的镜头，久久地让我和康平追随着，都不愿意过早离开。我发现康平的脸甚至有些涨红。

但是，母鸭还是很快就飞走了，它撇下了公鸭，带走了它的诺言，也带走了我和康平的心。

那一天，康平伏在栏杆上的身体久久没动。

我们去公园的频率增加了，对康平以及对我而言，都期待着一个奇迹。但是，奇迹没有发生，那只母鸭明显地不会再飞回来了。它飞走的时候一定很依恋公鸭吧。

这时候的公园，只有康平的公鸭在唱独角戏，唱得凄清。

它总是努力张开自己的翅膀，但它却怎么也飞不起来。它一次次地尝试。寂静的湖面不时响起它怪异的叫声。

康平无助地看着，眼睛里竟然有了泪光。

在康平惆怅的目光中，一天黄昏，那只母鸭却独自飞回来了。

它们又嬉戏在一起了，在漂浮物的包围圈中尽情嬉戏。这下，把康平开心得胡言乱语。

然而，康平高兴得太早了。一个阳光刺眼的中午，不声不响的，康平的公鸭倒下了。随之，那只母鸭也慢慢阖上了眼睑。它闭上眼睛前，冲着湛蓝的天空发出了一声凄楚的哀鸣。这哀鸣强烈地刺激了康平。

"难道是我做错了？"康平眼神复杂，有些气若游丝地望着我问。

大　眼

王贺明

　　大眼五十多岁了,是条光棍汉。父亲在他十岁时因病撇下他撒手而去。后来妹妹出嫁了,前几年母亲也跟随父亲去了,就剩他一个人了。

　　其实他是有名字的,"大眼"是大家给他起的绰号,因为他的两只眼睛又大又圆,所以村里人都叫他大眼。大眼的辈分在村里挺高的,老一点应该喊他叔,年轻的都应该叫他爷,但从没有人按辈分叫他,村里男女老少都喊他大眼,他还挺高兴。

　　大眼年轻时也娶过媳妇儿,是用妹妹换来的。本来大眼不同意妹妹给他换媳妇,可是娘坚决,说如果他不同意,就死在他的面前。大眼是个孝子,只好同意。这样妹妹就给他换了一个媳妇儿。谁知没过两年,媳妇儿突然消失了。别人劝他到媳妇儿娘家去要人,大眼不但不去,还说,强扭的瓜不甜,让她找自己的幸福去吧。

　　大眼是打鱼好手,也靠打鱼为生。每天早晨扛着渔网出去,晚上扛着渔网回来。不管是春夏秋冬,都是如此。每次回来,筐里的鱼都是满满的,让人眼馋。

　　大眼的眼睛特别灵,走到河边、池塘边,哪里有鱼他一眼就能看得出来。一次,他经过一个池塘,看到池塘边冒出一股水,就说,这里有条大鱼。说完,衣服也不脱就跳进水里。果不其然,大眼空手捉了一条五斤重的大鱼。

大眼打鱼还有绝活。如果是捉甲鱼，他不用渔网，只用渔叉。他站在河边看水纹，就知道甲鱼有多大，在什么位置，然后一叉下去，就把甲鱼扎个正着。抓黄鳝，他用口袋堵在黄鳝洞口，用棍子使劲朝洞穴里捣，黄鳝出来，正好钻进他的口袋里。捉泥鳅、鲶鱼他都有办法。

大眼游泳的本领更不用说，能在水下待十几分钟。一次，村里有一年轻后生不服气，非要与大眼比试一下，看谁在水下待的时间长。大眼二话没说就同意了。他们二人同时扎进水里，年轻后生在水下待了几分钟，憋不住，就上来了。而大眼在水下十几分钟还没一点动静，大家都在替大眼担心，谁知又过了一会儿大眼才从水里浮上来，手里还抓着一条大鱼。大家对大眼刮目相看，年轻后生也甘拜下风。

大眼心肠也好。村里谁家的媳妇儿生孩子，都求大眼给他们打鱼，因为孕妇吃鱼奶水多。一天晚上，刚下过大雪，气温在零下十几度。邻居找他说："大眼，求求你，我媳妇儿没有奶水，孩子饿得嗷嗷哭，你去给我打条鱼吧。"大眼二话没说就走了。几个小时以后，大眼回来了，手里提着几条大鱼。

但是这几年，河里几乎没有鱼了，大眼经常是空手而归。

原来村里建了一家造纸厂，造纸厂把污水都排到附近的河里和沟里。河水变得混浊不堪，散发出难闻的气味；河里的鱼都翻起白肚漂上来；河边的绿草都慢慢变黄死去。

村里人以前吃的水是从地下打上来的，清甜可口，而现在打上来的水，浑浑的，还有一股难闻的味道，需要沉淀一下才能喝。

大眼曾经找村主任要求把纸厂关掉，说："这样把环境都污染了，村里人怎么活？"

村主任拒绝说："造纸厂每年给村里上交十几万，你知道吗？不就是把河水污染，你打不成鱼了吗？你打鱼能卖几个钱？"

大眼无话可说。慢慢地，村里有些人莫名其妙地得了怪病，有关部门化验是水污染所致。

大眼说："造孽呀,造孽呀!"

村主任威胁全村人说："谁要是敢透露一点风声,我就把谁的腿打断。"

但是有人悄悄地到县上举报。上级来查,造纸厂马上停产;人一走,又生产起来。后来不知是谁用照相机把造纸厂偷排污水的镜头拍下来,上交县有关部门,上级就把造纸厂强行关闭了。村主任咬牙切齿地说："我一定要把这个'卖国贼'查出来,好好教训教训他!"

一天晚上,大眼打鱼回来,一个蒙面人拿刀朝大眼腿上狠狠地砍了几刀,大眼惨叫几声,就什么也不知道了……

后来大眼的腿残废了,只能挂着双拐走路,鱼打不成了。大眼挂着双拐到河边,看到河边的野草又变绿了,河水慢慢地又变清了,鱼也多起来……

看到这一切,大眼笑了,他说："值得!"

谁家的清潭

文·立

山上有一潭。潭周边野生树木成林,潭中水清清亮亮。站在岸边瞧向水中,小石头、鱼儿清清楚楚。杰小时候就喜欢这个地方,常常跟小玩伴们一起到这里来捉鱼、洗澡、玩乐。

转眼二十几年过去,杰看中了这里潭清树荣、冬温夏凉的特点,凭着自己的条件,与当地政府签订了五十年的承包开发合同。杰就是这片山地的主人了!

之后,杰花巨资整修了山道,漫山遍野栽了石榴和杏树,还建造了几十间古朴雅致的房子。在短短的时间内,这里被打造得清幽独特、魅力无限,竟变成闻名遐迩的旅游度假村了。

自然,想进到里面去玩乐,是要掏钱买票的。

杰对度假村中的几名工作人员要求很严格,他三番五次地强调说:"绝不允许不买票进山的情况发生!"

偏偏在这个夏日的傍晚,尽管工作人员看护得很严,可不买票偷着进山的情况还是发生了,并且钻进来的还不止一个两个,而是五个人!

巡查员报告说:"这几个人肯定是刚偷着进来的!肯定没有买票!这会儿,他们正在潭边游泳呢……"

"先不要惊扰他们,我马上过去。"杰通过电话得到信息后,决定亲自去

看看。他想搞清楚，这五个人是怎么进来的，是谁违反规定私自放他们进来的。

"要是查明白了，非开除他不可！"他暗想。

等杰匆匆来到潭边，借着明晃晃的月光，便观察清楚了：有五个脑袋在潭水中晃动着，一些衣服被胡乱地扔在岸边。

原来全是十几岁的孩子！应该是周边村子里的孩子！他想。

他威严地站在岸上，厉声喝道："你们怎么进来的？都给我上来！"

他以为，如此一喊，那几个小东西还不被吓得屁滚尿流，灰溜溜逃窜啊。不料想，这几个小家伙只是扫他几眼，便不再理会他，继续在潭里嬉戏打闹。

他就又大喊了一声："你们听到没有？"喊完又威胁说："再不上来，我先把你们的衣服收走啦！"

终究有效果了。一个孩子搭话了，还理直气壮地说："清潭是你家的吗？你凭啥收我们的衣服？"

"嗯，你说对了，就是我家的！"他当然有底气。

"你家的？哟！"一个孩子夸张地嘲笑起来，"这么大地方，他说是他家的，你们信不？"

杰被惹火了，脸红脖子粗地吼着，说："我掏了钱的，我跟政府立了合同，不是我的还是谁的？"

"你说是你家的，那，你用你的鼻子粘粘，能粘到你家不？你用嘴叼叼，能叼到你家不？你用手拿拿，能拿到你家不？"

"我……"杰被问住了。这颇熟悉的话，一下子把他拉到对二十几年前的回忆里——

杰十二岁那年的一天，在这个地方，杰正在水中泡着洗澡呢。凑巧，随着爷爷放羊的漂亮妞二丫过来了。和他同龄的二丫见他在潭水中洗澡呢，便蛮横地冲着他喊："快走，别弄脏了我们的水！"

"嘿！"漂浮在水上的他听到，争辩说，"你家的？这么大地方，怎么会是你家的？我还说是我家的呢！"

"就是我家的,"二丫嚷嚷着,说,"我家的羊天天喝这儿的水,怎么不是我家的?"

"你家羊喝水就是你家的? 我还天天在这里游泳呢……是你家的,你用鼻子粘粘,能粘到你家不? 你用嘴叼叼,能叼到你家不? 你用手拿拿,能拿到你家不?"

二丫被问住了。二丫脸憋得通红。二丫梗着脖子,说:"反正不是你家的!"

杰还故意逗弄二丫说:"迟早会是我家的!"

"你? 甭想,这么大地方,该是大家的,我也有份的!"二丫说。

"哈哈。怎么? 你没话说了吧?"几个孩子仿佛掌握了真理一般,大笑起来。

"啊……"杰这才醒过来了,他开始面对现实。他想,"原来,这些孩子们,跟自己小时候一样,人小心大呢!"

一瞬间,杰口气变了。杰说:"我倒不是怕你们来,我是怕你们没大人看着,出事啊!"

"哦。"一个孩子早叫起来,说,"谢谢您,伯伯! 那就劳驾您,看护我们一会儿吧……"

"嘿! 这些孩子!"杰禁不住笑了。他喜欢上这些孩子们了。

经过一夜思考,杰的心胸如潭中的清水一样透亮了,他决定把进山的大门,对周边的乡亲们敞开。

后来,当地的电视台对他做了一个专访。

杰说:"这秀丽的清潭绝不是某一个人的私人财产,人人有份的。附近的乡亲们,更有享受它的权利……"

逃进河里的鱼

张雪芳

老人喜欢吃鱼，而且喜欢吃小鱼，这在村里已是众所周知的事了。

老人儿孙满堂，其中有几个都是混出点儿名堂的，每每说起，村人无不感叹："这老头儿也真没福气，吃山珍海味还吃不完呢，竟然恋上了小鱼，真是无福之人。"

老人听后一笑置之。问他小鱼有啥好吃的，老人就眯起眼睛，答非所问地说，那鱼儿呀活蹦乱跳的样子可真可爱。问的人就说，哟，这老头儿吃小鱼都吃傻咯。

村人都说老人是从小吃惯了鱼，老人的父亲就是一个捕鱼能手。可是，那时候家里穷，父亲捕到的鱼都是要拿到集市上去卖掉的，换几个钱置些日常生活用品。然而家里的娃也馋啊，父亲就把最小的几条留下，放上几个萝卜煮上一大碗，也够孩子们美美地吃上一顿了。据说老人从小就会吃鱼，别的孩子一不小心就会卡到喉咙，老人却不会，即使再小的鱼到他嘴里，那细得如丝的鱼刺都会被他一根根地吐出来。

年过七旬的老人一个人住乡下，守着偌大一个老宅。儿孙们都要老人去同他们一起住，老人都婉言拒绝了，说："一个人住舒坦，想干啥就干啥。"

每逢节假日，儿孙们都会回来看望他，每次回来前总会电话询问老人想吃点儿啥，老人永远那一句话："就买些小鱼吧，多买点，我养着。"儿孙们便

笑,知道老人脾气犟,不听他会生气的。于是,每个节日,老人的收获就是那满缸的小鱼。

孙子们都好奇地问:"这么多的鱼,爷爷能吃几天?"

老人便露出所剩无几的牙哈哈地笑。孙子们也跟着欣慰地笑。能吃几天并不重要,重要的是老人能开心。

老人的身体还算硬朗,一个人照顾自己的生活起居不用说,闲来钓钓鱼、逛逛街,也乐得逍遥。可是,老人却没他父亲的能耐,喜欢钓鱼却从来都是空手而归。

邻居们跟他打趣,说:"你吃的鱼太多了,鱼儿见到你都怕了呢。"

听到这话,老人的脸上会显得少有的凝重,仿佛触到了他的某根神经。邻居们的玩笑让老人想到了他的父亲,他的父亲就曾经说过:"那么小的鱼真的不应该吃啊,作孽,那河水可是因了它们而活起来的呀。"

到了暑假,在城里住厌的上小学的小重孙也会跑来乡下陪他住些日子。那些日子,老人每天都会带着小重孙去钓鱼。常常是吃罢午饭,爷俩便每人扛着一条鱼竿,提着小板凳,拎着小水桶,优哉游哉地出发了。

到了河边,小重孙望着清澈的河水,总会忍不住说:"这河水可真清呀,在城里就看不到这么好的水。"

老人便会无比自豪地说:"那是,因为这河里有鱼呢,是鱼儿让水活起来的呀。"

小重孙先是不懂,后来听老人说的次数多了,好似也慢慢理解了其中的意思。有一回,他好不容易钓到了一条鱼,竟然主动让它"逃跑"了。老人看在眼里,乐在心里。于是,每回钓鱼,爷俩空手而归也便是再寻常不过的事了。

后来,老人病了,病后的老人一直睡在床上,由儿子在床边细心照顾着。医生说老人需要补充营养,所以,每天儿子都会给老人煮上一些有营养的食物。可是,老人的胃口不好,吃得极少。儿子想,这样下去可不行,于是跑去市场买了些小鱼来煮,当儿子把烧好的小鱼端到老人床边时,满以为老人会

很开心,没想到,老人定定地看着那盆溢着香味的鱼,竟然是轻轻地叹了口气。

一大家人围在床边没了主意。还是小重孙聪明,也跑去菜场买来活蹦乱跳的鱼儿,放在一个水盆里,拿到床边给太爷爷看。老人看着看着脸上就有了光彩。儿孙们便也跟着笑了。

但见小重孙端着水盆跑了出去,回来水盆里空空如也。

大人们便好奇地问:"鱼呢?哪里去了?"

小重孙跑到太爷爷身边,说:"鱼儿逃跑了,都逃进河里去了,是不是,太爷爷?"

老人呵呵地笑了,生病以来第一次开怀地舒坦地笑了。

儿孙们这才恍然大悟,难怪老人这么会吃鱼,原来都"逃"到河里去了。

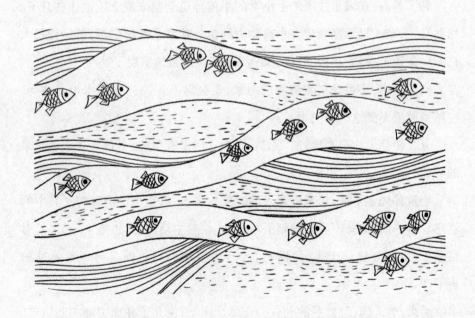

捕　鱼

张　哲

　　一大早,老刘哼着小曲,沿溪牧羊。看看前方体圆身肥的群羊,望望头顶蓝天下白云朵朵,恍惚间,老刘产生了一种错觉,不知是自己赶着一群散落在地上的云,还是自己的羊群行走在如洗的天空。

　　老刘年轻时是个捕鱼的高手,如今虽然不比当年,但他依然保持着捕鱼的热情。每次放羊他都扛着渔叉,贼溜溜的眼睛时不时朝小溪里瞟上几眼,仿佛那柔软的、随着溪流舞动着身姿的水草,都在向他搔首弄姿。

　　他转过头又猛地甩了回来,不经意间发现了目标。只见青黄茂密的水草间,一尾体型硕大的草鱼正缓缓地溯流而上。

　　体态的茶黄,背部的青灰,与水草浑然一色的伪装未能逃脱老刘的眼睛。他丢掉赶羊的鞭子,举起钢叉,猫着腰向小溪靠近。始终如一的,是他那双盯着草鱼的眼睛,眨都不舍得眨一下。

　　马上到了射杀的范围,钢叉缓缓向后上方升起,老刘瞪大眼睛,咬紧牙关。他似乎已经看到这尾草鱼,在一道寒光过后,被刺穿的身子在钢叉上拼死挣扎,水花四溅,水草缠绕。

　　草鱼察觉到了危险,它摆动尾部,加速向前。老刘亦步亦趋地紧随其后。不多时,老刘呼吸急促,体力略显不支。他想算了,人不服老不行。他要打道回府,谁知那尾草鱼也放慢了游速,好像同样力不可支。老刘又紧跑几步，草鱼再次加速；老刘放慢脚步，草鱼也开始不紧不慢地向上游而去。

老刘觉得这鱼挺有意思，同时又感到它是在戏弄自己。这使他欲罢不能，他手擎钢叉，继续他们的追逐游戏。

不知不觉已经走了很远，天色逐渐暗淡，待老刘反应过来，羊群早已被他甩到了身后。

老刘有些着急了，天黑之后更难捕捉到这尾草鱼。他心生一计，在紧迫一阵之后，慢步追赶，刚慢下来，又飞速向前。草鱼反应不及，但是反应快速，射来的钢叉击中鱼尾，它扑棱了两下快速向上游去，血丝随着几片鱼鳞顺流而下。钢叉速度太快，河里的碎石飞溅四起，恰巧一小块儿碎石朝老刘射来，猝不及防地击中了老刘的左眼。老刘当即被打得酸痛难忍，泪水直流，半天没有睁开眼。

他又羞又愤，誓与那尾草鱼势不两立，他一手拿着钢叉，一手捂着左眼回去找自己的羊。黑夜像墨水倒入水中，慢慢晕染开来。老刘找来找去，还是少了一只。他更加气愤，并把全部过错归咎于那尾草鱼，非要把它捉住食肉饮血、挫骨扬灰不可。每次牧羊，他更加注意小溪里的动静，让他兴奋的是，不久又发现了那尾草鱼。没错，化成灰老刘也认得，就是它！

他举起钢叉，朝草鱼奔去。草鱼奋力上游，老刘继续猛追，似乎没有停下来的意思。草鱼拼命向上游逃去。

突然，草鱼撞到了渔网。由于它的速度太快，且身大头小，一下卡到其中，越是挣扎卡得越紧。这时一只手扎入水中，草鱼随着网一起被拉出水面。草鱼中计被捕。老刘又哼起了小曲，背着渔网，拿着渔叉，赶着羊群凯旋。

接下来，他要好好地折磨这尾捉弄他、害他差点儿瞎了眼又丢了一只羊的草鱼。他不打算很人道地直接摔死它，而是要活着把它的鱼鳞刮干净，再撒上盐，然后不急着开膛破肚，那样它死得更快。他要直接把它扔进油锅里炸。要多放点油，不等油热就把它放进去，用文火，让它慢慢感受油温的上升，一点点在煎熬的恐惧与痛苦中死去。

边刮鱼鳞,老刘边这样想。他突然为自己的残忍感到一丝恐惧,但是这种感觉瞬间即逝,他依然按计划行事。

奇怪的是,那尾草鱼被放到油锅之后,随着油温的升高,它弓起了自己的身子,鱼头和尾部支撑着身体的重量,像一座拱桥。老刘用力拍了几下,草鱼依然保持着身形。老刘把它推倒,草鱼立刻又弓起了身子。再试几次,草鱼依然如此。老刘深觉蹊跷,却又不知为何。但看着它受尽煎熬,想象着它的痛苦,报复的快感溢满全身。老刘微笑着看着弓起身子的草鱼逐渐失去水分,变得又干又硬。

这尾草鱼,至死保持着弓起的身形。难道弓起身子你就不会死嘛,呵呵。老刘嘲笑着它的愚蠢,并把它从油锅里捞出来,拿刀给它开膛破肚。

锋利的刀刃划开鱼腹后,老刘惊呆了,原来这是一尾怀有身孕的鱼,鱼肚里满是鱼子。它弓起自己的身子,只是为了拼死保护肚里未出生的小鱼。老刘也终于明白这尾草鱼为什么在浅水处游向上游——生殖季节草鱼有溯游习性。

看着顺着锋利的刀流出的鱼子,老刘忽然感到非常沮丧,报复的快感也随之消失。他觉得在这场对弈中,自己是个失败者,而且失败得很彻底。

老刘依然每天哼着小曲牧羊,只是人们再也没有见到那把他曾为之骄傲的渔叉了。

对不住那家狼

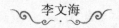
李文海

刀镰儿要去城里请那有名的老中医胡三。

刀镰儿十二岁的儿子镰把儿,请了好几回郎中,抓了好多服药都不管用,已病得脱相了。镰把儿的眼睛,半天都没睁一下,脖子已扭了劲儿,脑袋慢慢歪在了一边。

刀镰儿要去请名医胡三,必须去,马上去。

叔伯大婶儿们,嘴都张了张,可到底还是合上了。

"日头落,狼下坡。"虽这样说,可这节骨眼上,谁都没法劝,大家真的没法劝。

平阴自古多狼。

平阴的狼,据说,多从晴天看是灰的,阴天看是黑的那个王屋山上下来。这些狼,山里没啥吃时,便下了山,游过黄河,来到千年古县平阴的地面。

关于狼的传说,平阴很多,夹杂着恐怖,夹杂着神秘。狼的传说,确实比狼还多。

解放后,人,越来越多;狼,越来越少。可有个狼高马大的家伙,还是让人们记住了,而且,是在恐惧中记住了。都说它是平阴最后的一匹狼。见羊咬羊,遇猪吃猪,有时,它甚至还攻击人……总之,它异常自信地挑战着人们的胆量和智商。

刀镰儿的自行车蹬得飞快,呼呼地往城里赶。

离城里还有两三里地,刀镰儿看清楚了:那家伙正在前面等着他呢。前腿支地,狗一样,坐在路高处的地边。它慢慢昂起头,向着铺满火红晚霞的西天,发出悠长孤独而苍凉的声音。

刀镰儿蹬得更快了,他必须冲过去,像子弹一样!

那家伙猛地扑了下来,刀镰儿连人带车倒在地上。刀镰儿一骨碌爬起来,握住自行车把和狼周旋,狼似乎也紧抓着车子后面,和刀镰儿咬牙较开了劲儿。刀镰儿很快明白了,那狼是用力过猛,不过,也太巧了,它向下扑时,两只前腿正好插进自行车的后载架里。刀镰儿拼命摆着自行车把,狼更是拼命把两只前腿往外抽,都拼命呢!可刀镰儿越摆自行车把,狼腿越难以抽出。他们都在使劲儿,向彼此相反的方向使劲儿。一人一狼把自行车弄得哐哐响。

终于,狼猛地一使劲儿,把两只前腿拔了出来。它腾地跳到路下边的地里,消失在黄昏的旷野里。

刀镰儿把老中医胡三请到了家。老中医妙手回春。已经摸住了阎王爷鼻子的镰把儿,硬是被胡老中医一把拉了回来。

刀镰儿真的太高兴了!

他不仅保住了儿子镰把儿,而且,还战胜了那匹极度狡猾的狼。被战胜的仿佛不是狼,是老虎,而他刀镰儿呢,已经不是刀镰儿了,似乎是喝了十八碗酒,景阳冈上,抡起双拳打死了老虎的武松。

碰巧罢了,狼的两只前腿插进了自行车支架里,这能算战胜吗?说战胜,对狼公平吗?即便真的战胜了狼,把狼打死了,也不过万物之灵的人打死了一只低等的狼,多么不对等啊,这真值得那样去显摆吗?

刀镰儿听见的,不是"咚咚"的心跳,而是心里最深处这样的一种诘问。

据说,狼也是为了生存,甚至为了它的孩子才出来的。不到万不得已,狼是不会主动攻击人的。狼经常出来为小狼找吃的,甚至到村里,挨家挨户门前叫着,找被孩子们乘老狼不在从狼窝抱走的狼崽。这些,刀镰儿也听

说过。

五天后,有人在距刀镰儿斗狼三四里的一个半山腰,看到了直挺挺躺在地上的一匹狼。刀镰儿听说了,骑车就跑。刀镰儿和胡老中医匆忙赶到那里,看到地上躺的,正是袭击他的那匹狼高马大的狼。胡老中医弯腰摸了摸,又看了看,说:"这匹狼是惊吓而死的啊。"

眼尖的人在距死狼大概十几步远,又发现了一个狼窝,狼窝里的四个狼崽儿,毛茸茸的,眼还没睁开都死了。胡老中医看着狼崽,仰天叹息。

平阴从此无狼!

平阴人个个兴高采烈!

刀镰儿一屁股蹲在狼窝边,心里特别堵得慌。大小一家五口啊,就这么……没了。刀镰儿真的很难受,可又没法说,他怕扫了大家的兴,那一张张笑脸转眼又骂他。所以,他就转到背地去,一屁股蹲下来,双手抱了头,肩膀开始抖起来,而且,越抖越厉害。

森林历险记

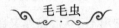
毛毛虫

午后,艾比驾车进入森林。林外阳光正烈,林里却只有斑斑点点的光,碎片一样,上下游移,煞是阴凉。

一会儿,几声枪响后,艾比收获了几只野兔和雉鸡。日光的碎片开始拉长,艾比还不想走,他总觉得今天应该有更大的收获。

一头棕熊的出现,让艾比瞬间血脉偾张。棕熊体型硕大,正爬在一棵歪脖子松树上,树枝上吊着一个大蜂巢。松树并不十分粗壮,棕熊每每前肢就要挨上蜂巢时,树枝就"嘎吱"一响,它只好后退一点,却够不着蜂巢了,于是又上前一些,"嘎吱"声再响,它再退……如此往复,棕熊直急得抓耳挠腮,拍打树干,或对着蜂巢吼叫,样子很是可爱。艾比端着枪,借着树的掩护,逼向棕熊。

棕熊已经在射程之内了,艾比还没有开枪——他的子弹不多了,棕熊又背对自己,头部还被树枝遮挡着,一两枪很难致命。艾比悄悄绕到棕熊的侧面,举起枪,瞄准它的头颅。一只黄蜂从蜂巢里飞出来,棕熊扭头去看——仅一刹那,棕熊看到了艾比和他手里黑森森的枪口,与此同时,那看似笨重的身体"噗"地跳下。艾比急忙扣动扳机,击中棕熊的屁股。棕熊大叫一声,掉回头,满脸愤怒,一看艾比的枪口又瞄上来,急忙就地一滚,逃走了。

艾比端着枪,搜寻了好一会儿,也不见棕熊的影子。

森林里阴暗下来,艾比又收获了几个小的猎物,直至子弹射光,才扛着枪恋恋不舍地走向自己的汽车。

艾比刚要发动汽车,就见刚才的那头熊躲在不远处一棵大树后偷窥自己。艾比摇下车窗,猛然大吼,棕熊受惊而逃。艾比遗憾地耸耸肩:"该死!它现在本该躺在我的后备箱里。"

车驶出了几十米,艾比从后视镜里又发现了那头熊在鬼鬼祟祟地尾随自己。艾比突然一个急刹车,同时摁响喇叭,棕熊吓得一个后仰翻,连滚带爬地逃窜。可是,当艾比又驶出不远后,棕熊又跟了上来。艾比想逗逗这头熊,停下车,端着枪,做着瞄准的架势。棕熊大惊,再一次翻滚着逃跑。

如此几次,棕熊逃跑的速度慢了,而且逃跑时还回头看了两次艾比。"莫非它知道我没了子弹?"艾比一惊,赶紧加大马力向森林外驶去。

棕熊仿佛确定艾比没有了子弹,竟堂而皇之地跟了上来。艾比摁喇叭,亮尾灯,急刹车,急倒车,但棕熊分明料定艾比已是黔驴技穷,不仅不再害怕,还试探性地用前肢触碰汽车。艾比的额头渗出了密密的汗粒,慌乱中,车子陷进一个泥坑里,熄了火。

棕熊从车后走到驾驶室一侧,拍打车窗。艾比尽量让自己镇定,摇下一点车窗,将枪口伸出窗外,对着棕熊做着瞄准、射击的动作——艾比是想吓跑棕熊。哪知棕熊一把抓住枪口,一拉,枪被夺走了,再"咔嚓"一下折断。艾比大惊,急忙摇上车窗,装模作样地向着棕熊龇牙咧嘴,捶胸顿足,仿佛自己充满着力量。

棕熊毫不在乎,愤怒地捶打车窗,只是那厚软的熊掌一捶上玻璃就如橡皮锤一样被弹开了。它又跑到车前,一掌打在雨刷上,雨刷坏了,熊掌也被戳了个血窟窿。棕熊被彻底激怒了,张开大嘴,猛然撞向挡风玻璃——"咔嚓!"熊的牙齿、碎玻璃,同时溅在艾比的脸上。

剧烈的疼痛使棕熊昏了过去,趴在车头上,鲜血从嘴里汩汩而出。艾比想打开车门逃跑,可车门严重变形,无法打开。艾比又拿起车内的水果刀,卯足力,胡乱地扎向棕熊。可是,水果刀连一个痕迹也不能给厚厚的熊皮

(竖排标题)
从乐园飞往乐园

留下。

棕熊醒了,摆了摆头,车厢里立即溅满了血。艾比急忙躲向后排座,仍然想开门逃跑,可同样打不开。棕熊重新愤怒起来,吼叫着,张开少了几颗门牙的血口,挥动两只硕大的熊掌,向艾比扑来。艾比躲闪着,顺手从座椅上抓过一只抱枕,护住自己的头脸……

一秒,两秒,熊掌没有扑来;三秒,四秒,熊口没有咬来……熊的吼叫声也渐渐低下来,直至一片安静。

艾比不知道发生了什么,偷眼一看,那熊正静静地看着自己怀里的抱枕。艾比突然明白了什么,轻轻抚摸起那只抱枕,还亲了亲它,接着又试探地将抱枕向棕熊面前捧了捧。奇迹发生了,那头熊轻轻接过艾比的抱枕,抱起,跳下车,走进黑黝黝的森林深处。

艾比的抱枕是一只小棕熊。

爬树的狮子

毛毛虫

惨烈的旱季,在塞伦盖蒂草原上至少持续了八个月。

雌狮萨吉和姐妹们十多天没有进食了,它们的腹壁宛若两张薄薄的纸,似乎就要黏连到一起,身上更是出现了大大小小的黑斑——它们的生命已到了最危险的时刻。雨季如果再拖上几天不来,它们将必死无疑。

萨吉和姐妹们游荡在如火的草原上,一个个都保持着高度的警惕,哪怕是细微的风吹草动,它们也会立即做出捕猎的准备。然而,一次次的激动和追捕,换来的却是一次次的失望和加剧的饥饿。

往日那成群结队的食草动物,现在,都哪里去了?

饥饿中,萨吉和姐妹们又迎来了一个新的日出。可太阳一出来,草原就仿佛起了火,而且,风也死了。草原,是火的世界,死亡的世界。

临近中午,一只兔子出现了,它们立刻追上去,但落了空——造物主的公平在于:她赋予狮子们捕食食草动物的权利,却又赋予兔子们任何时候都有草(或枯草、草根)可吃的优越。如此,饿肚子的狮子追捕饱食的兔子,当然是徒劳。后来,它们还追击过一匹斑马、一只瞪羚,同样以失败告终。

它们继续在草原上游荡,身上的斑点仿佛更多更大了——死神,离它们更近了。姐妹们有的开始虚脱,躺在地上,大口大口地喘气,不愿起来。萨吉走过去,叫着,拍打着,将它们一个个叫起——作为首领,它不能让姐妹们这样等死。

当不远处那只被它们打劫过无数次的猎豹抓住一只黑斑羚时,萨吉和姐妹们像突然打了鸡血,箭一般地飞扑过去。眼看就要追上了,猎豹却将猎物拖上了树——造物主的公平还在于:对待这两种"大猫",她赋予狮子比豹子大得多的形体和力量,但将爬树的技能给予豹子。

萨吉最先跑到树下——它是目前姐妹们当中身体最好的。黑斑羚的一只后腿从树上悬下来,萨吉拼命地跳起,试图将它拉下。一次,两次,无数次,萨吉总是差那么一点点。姐妹们也一次次跳起来,但全都是徒劳。终于,它们放弃了跳跃,一个个昂着头,舔着干涩的嘴巴,黯然神伤地看着猎豹在树上悠然自得地享受美味。

黑斑羚还带着体温的血滴下来,姐妹们踮起后腿,昂着头,大张着嘴,激烈地争抢着。大概是黑斑羚的血激起了体内的某种潜能吧,萨吉走出狮群,纵身向树上爬去。萨吉毕竟没有爬树的技能,平时敏捷的身子此时却尽显笨拙,平时蛮横霸道此时却极尽小心。它只得凭借它的利爪,紧紧地插进树皮里,一步、两步……萨吉爬到了三米高的地方。猎豹忽然一声吼叫。萨吉毫无防备,身体一颤,摔了下来。

零星的黑云从天边飘来,阳光有了星星点点的黑斑,空气却更加闷热——雨季,就要来了!然而,萨吉,尤其它的姐妹们,能熬过这一两天吗?

姐妹们还在激烈争抢着那点滴的血,萨吉却又一次向树上爬去。这一次,它再不为猎豹的吼叫所惧,小心翼翼,紧盯猎物,一步步往上爬。猎物越来越近,再有两步、一步,萨吉的冒险就有回报了,但猎豹却叼着猎物爬上了更高的树枝。萨吉不放弃,继续爬。

猎豹终于无路可逃,一紧张,黑斑羚从嘴里掉了下去。

萨吉大喜,就要下树。可是,它真的不该违背造物主的意志——上山容易下山难,对狮子来说,上树难下树更难,萨吉在树上连转个身都不知所措。萨吉向树下的姐妹们大叫——它是在向姐妹们求援吗?但姐妹们正在抢夺黑斑羚,谁也顾不上它。

　　天渐渐黑了下来。萨吉依然紧抱树枝，双眼大睁，惊恐而无助，除了哀嚎一动不能动。姐妹们啃光了黑斑羚最后一丝肉（它们至少能够再挺上两天了），这才想起树上的萨吉，可是除了对它叫几声，什么也做不了。

　　第三天清早，塞伦盖蒂草原在一夜暴雨的洗礼下，焕然一新。野牛、角马、斑马、黑斑羚，仿佛一下子从地底下冒了出来，遍地都是。萨吉的姐妹们，气定神闲地伏在那棵树下，懒洋洋地舔着嘴角——它们的肚子全部饱饱的。

　　只有——为了姐妹们的生命而不顾自身实际、宁肯违背自然规律的萨吉，还在树上：前肢紧抱树枝，脑袋夹在树丫间，早已僵硬了。

野犬求死

毛毛虫

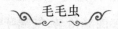

　　非洲东部,塞伦盖蒂大草原,一年中最干旱的季节。往日黑压压的食草动物都逐草而去了,只剩下食肉动物坚守在自己的领地上,碰运气一般,等待某些倒霉的猎物撞进来。

　　动物学家詹姆博士的实验就是在这种情况下进行的。

　　詹姆博士和他的助手将一匹完全由人工养大的健壮的角马投进一个饥肠辘辘的非洲野犬家族的领地,他要看看,生死面前,双方如何斗智斗勇。

　　这个野犬家族,一周前还有近三十只成员,现在只剩下了一半。它们一个个肋骨凸现,瘦弱不堪,再没有食物,谁也难逃死神的魔爪。

　　一见到角马,野犬们一改多日的疲相,像注入超级兴奋剂,猛扑过去。

　　在非洲野犬的经验里,每当它们扑向猎物时,猎物就会惊叫着疯狂逃命。然而这是一匹没有见过"世面"的角马,它的词典里还没有"天敌"这个概念,何况从体型上来看它一个就撑得上这群野犬的总和。它根本没将它们放在眼里,甚至只觉得这是一场好玩的游戏。

　　野犬们显然没见过这种情景,在距离角马十几米的地方紧急收住脚步,但仅仅是几秒钟,又同时扑了上去——饥饿让它们别无选择。角马很快明白来者不善,抢角、踢腿、跳跃。野犬们败下阵来。

　　野犬们当然不放弃,可一次次进攻却一次次失败——它们总是咬不到

角马的咽喉。

通过望远镜,詹姆博士发现了其中的奥秘:非洲野犬之所以能常常捕获角马,是因为它们总能轻易地扼住角马的咽喉;而扼住角马咽喉的原因是角马每每见了它们就没命地逃跑,一逃跑就昂起头,一昂头就暴露出咽喉,从而给了野犬们机会。可这匹角马因为没见过"世面",不害怕,不逃跑,还总是低头吃草或抢角示威,所以它的咽喉一直处在受保护状态,野犬当然无法得嘴。从这个意义上来说,角马得益于它的无知和无畏。

野犬们不得不停止进攻,围着角马,气喘吁吁,眼巴巴地看着它气定神闲地啃食草根。

几只羸弱的小野犬飘飘忽忽地走来——它们实在饿不住了,不然绝不会冒着被狮、豹猎杀的危险离开藏身的洞穴。小野犬们来到成年野犬面前,对着它们的嘴,"叽叽"直叫。成年野犬们大张着嘴,努力地呕着——它们希望能从胃里、嘴里反吐出食物,喂给孩子,可全是徒劳。小野犬们又钻进母犬的腿下,咬着干瘪的奶头,使劲裹吸,但连奶水的味道恐怕也没有了。失望,让它们颓然倒下,气息奄奄。

野犬们相互低叫一声,打起精神,准备再次向角马进攻。一只老野犬——这个大家庭的家长,大叫着制止了它们。

老野犬的目光缓缓扫过每一个家庭成员,最后落在一只体型最大的雄野犬身上。老野犬走过去,头抵雄野犬的头,"咕噜噜"低叫,如窃窃私语。雄野犬愣了愣,如思考,接着回叫几声,摇摇头,走向一旁。

老野犬又走到另一只野犬面前,头抵头,低叫着,似乎在求它什么。这只野犬同样回应几声叫,默默走开。

老野犬一个一个地走去,一个一个地抵头低叫,如一个喋喋不休的老妇人,但谁也不理它,谁都躲着它。它无奈地蹲坐于地,看向远方,混浊的眼睛,一片空洞。

一只小野犬发出几声细弱的叫声后,轻蹬几下腿,不动了——死了。

老野犬在小野犬的尸体上嗅了又嗅,突然暴躁起来,对着众野犬愤怒又哀怨地大叫。

众野犬终于相互低叫几声,又对着老野犬几声低叫。老野犬仿佛心领神会,走向角马。

老野犬离角马还有五六米的时候,众野犬猛然尖叫着扑向它,掀翻它,凶残地撕咬它。老野犬不反抗,只对着角马发出令人毛骨悚然的惨叫。

角马惊住了——它从没见过如此血腥的屠杀。

老野犬依然毫不反抗,只拼命地惨叫。

角马不由地后退几步——屠杀的场面实在可怕。

突然,野犬们丢下老野犬,猛冲向角马。角马大惊,拔腿就跑……

——仅仅两分钟,野犬们就扼住了角马的咽喉。

等詹姆博士的助手回过神来要去解救他们的宝贝角马时,詹姆博士却阻止了他,颤抖着说:"让它们吃吧,为了求生而死的老野犬——用自己的生命,激起了对手的恐惧,赢得家族的生存,老野犬了不起……"

逃离狮群

毛毛虫

　　狮王老了,昔日钢针一样挺拔、致密、整齐的鬃毛,已干枯、稀落、打结。叫声低哑乏力,再也不能激荡草原,令对手和猎物闻之丧胆。曾经每天要巡视领地数次,现在一天少比一天,就连标记界线的尿液往往抖抖索索老半天也徒劳无功。它也一改往日的孤傲和神圣不可侵犯,任由幼狮们在它身上打闹,撕咬,不恼不怒,眼神里还尽是柔情。

　　雌狮瑞丽蹲坐一旁,满眼忧郁。它知道,它的狮群即将改朝换代,迎来新的主人。

　　远处,一阵雄狮的吼叫、激昂、杀气腾腾。狮王一愣,转头看看它的雌狮和幼狮们,很不情愿地走向入侵者的方向。入侵者就在领地边,昂首挺立,放声吼叫,骄傲和力量充塞了身体的每一个毛孔。而狮王呢,步履愈发沉重,气势愈发颓靡,好几次都有停下甚至退却的迟疑。瑞丽对着姐妹们一声大叫,姐妹们心领神会,吼叫着一齐冲向入侵者。狮王仿佛受到了鼓舞,一声吼叫,冲向入侵者。入侵者落荒而逃。

　　入侵者跑了,但不会放弃;狮王留下了,却只是暂时的。这一点,瑞丽心里一定很清楚,在它十三年的生命记忆里,它已经经历了三次,每一次,不论雌狮们如何努力,老狮王最终都逃脱不了失败、逃走、死亡的宿命,而新狮王"登基"之初,必定对老狮王留下的幼狮来一次彻底的大清洗。

瑞丽看着幼狮们，小东西们并不知道刚刚发生的危险和即将到来的难逃厄运，依然无忧无虑地嬉闹。瑞丽又看向狮王，刚刚的胜利虽然让它振作了一些，但衰败的身体、胆怯的内心却无法掩盖。难道就这样让孩子们等待死亡？瑞丽的眼里一片空洞。

夜幕笼罩了草原，姐妹们围着幼狮躺下来。夜风又传来那只入侵者的吼声，虽然遥远，但充满力量、躁动和战斗的渴望。狮王竟然放下雄性的尊严，走进雌狮中间躺下——它将自己的安全和王位完全寄托在雌狮们身上。

瑞丽和它的同胞姐妹吉布一番"哼哼唧唧"，然后起身，姐妹俩带着它们的七只幼狮，走出狮群。

走出不远，吉布胆怯了，不顾瑞丽的阻拦，执意领着它的四只幼狮走回了领地。瑞丽迟疑了一会儿，带着自己的三只幼狮坚定地向领地外走去。

事实很快证明瑞丽是明智的：三天后，那只入侵者战胜了狮王，攫取了狮群，将包括吉布的四只幼狮在内的一岁以下的幼狮全部猎杀——这是狮子的天性，上帝也无法改变。事实又证明瑞丽是莽撞的：以前，狮群能轻松捕获一匹角马，现在单枪匹马的它，连一只瞪羚、野兔都捕捉不到。瑞丽只能刨草鼠洞，靠草鼠充饥，但乳汁还是越来越少，幼狮们越来越饿。

这天夜里，一匹衰老的斑马落了单，这对瑞丽来说不啻是一件天大的好事。追击开始了，瑞丽拼命地奔跑，双眼圆睁，紧盯斑马，不敢让斑马从视线里消失一刹那。然而，瑞丽的视线很快错乱起来——狮子的眼睛尽管有夜视功能，但黑夜里，斑马黑白相间的斑纹很容易晃花它的眼。瑞丽不放弃，虽然它可能只是在凭着感觉追击。忽然，一声惨叫，瑞丽滚落在地——一根新断的树桩将它的左前腿胛划开一道一尺多长的口子。

幼狮们还太小了，并不能感受到母亲的痛苦，一哄而上，拱啜母亲那早已被它们撕咬得伤痕累累、没有一滴乳汁的乳头，继而失望地抓搔、撕咬母亲的头脸。瑞丽仿佛一个犯错的孩子，忍受剧痛，任由幼狮们发泄愤怒。

瑞丽陷入了绝境。以它的伤情，如果重归狮群，有其他姐妹的照顾，还有活下的可能，但那样幼狮们必被新狮王屠杀。不回狮群，不仅没有食物，

嘴又舔不上伤口以消毒,它只有死路一条,但那样幼狮们虽是听天由命却毕竟有一丝希望。几天里,瑞丽好几次艰难地爬起来,带着幼狮们飘忽忽地走向它昔日的领地,但每当远远地看到那只新狮王在耀武扬威地巡视领地的时候,它就停下脚步,目光扫过一个个虚弱不堪的幼狮,转过身,走开。

瑞丽的伤口开始化脓、生蛆——时间,留给它的不多了。

这天,瑞丽连站起来的力气都没有了,吉布来了。吉布给瑞丽叼来一大块角马肉,又伏下身,一边给幼狮们哺乳一边舔舐瑞丽的伤口……

一年后,瑞丽和它的姐妹吉布带着三只健壮的年轻狮子,重新回到了昔日的狮群。

鬣狗寻家

张爱国

鬣狗琳达家族的二十多个成员,除了它和它五个月大的孩子安妮,都死在了盗猎者的枪口下。这对于习惯了群居生活的琳达来说,要想活下来,并且养活它的孩子,谈何容易!

最初几天,琳达带着安妮碰运气一般试图融入其他鬣狗家庭,但刚踏进人家领地就被追了出来——人家当然不会接纳它,这是它们与生俱来的本性:即便是水草丰美的时候,为了保持基因的纯洁性,它们也不会接纳一个外来者,何况是现在这种僧多粥少、"死亡之季"的旱季。不仅如此,当对方发现琳达是"孤家寡人"时,就毫不犹豫地瓜分了它的领地。琳达又成了"丧家犬",只能带着安妮穿梭于各个鬣狗群。

琳达又试图单枪匹马地捕食,可是论体力,它不如疣猪、斑马、角马和野牛;论速度,它不如瞪羚、麋鹿和兔子。它奔跑了老半天,一无所获,甚至几次差点死在猎物的坚蹄、利角或獠牙下。它又试图从狮子、猎豹的口里抢食——这一点,曾经是它们家庭的强项,可是现在,它却一次次灰溜溜地败下阵来。

两周来,唯一让琳达尝到食物味道的是偶尔几只倒霉的草鼠。但随着干旱的深入,草鼠也钻进了地下最深处。琳达的处境愈发艰险:骨瘦如柴,肋骨突兀,如拱曲的搓衣板,尾巴也脱光了毛,宛如一串由大小不一的珠子

191

穿成的念珠。

琳达必须找到家,否则,等待它和孩子的,只有死亡。

琳达选定了一个与自己曾经的家庭有过联系的、住在一棵大凤凰树下的鬣狗家庭。

琳达不再像先前那样抱着碰运气的心理,而是软缠硬磨。它伏下身,凄惨地低叫着,爬进凤凰家庭。凤凰家庭却不念旧情,冲上来就撕咬它。琳达大概想到了"哀兵必胜"的话,不反抗,也不逃跑,只凄惨地叫。凤凰家庭毫无恻隐之心,继续攻击它,直到它不得不爬走。

夜幕降临,琳达母子伏在凤凰家庭的边缘,哀嚎着——它依然在使用它的哀兵政策。

天亮了,太阳还没有完全冲出地平线,草原的气温就骤然上升。

琳达的策略依然没有奏效,只得来到一里外那条即将干涸的河里喝水。河边,一只瘦得皮包骨的瞪羚也在喝水。琳达立即打起精神,发起进攻。

谢天谢地,这只瞪羚太虚弱,几分钟后,琳达用尽最后一丝力气,扑倒了它。可就在这时,凤凰家庭来了,霸道地抢走瞪羚。琳达无奈地退出了这顿还没尝到味道的盛宴。

又一天过去了,琳达还在使用它那毫无效果的哀兵策略——它别无选择。这一天里,琳达更加认识到了家的好处:因为有了那只瞪羚垫底,凤凰家庭竟然又捕获了一匹角马和一头疣猪。现在,它们不仅吃饱了,还剩了些没有啃净的蹄骨,可就是不让琳达靠近一步。

或许是饿得神志不清了,安妮竟然飘飘忽忽地走向凤凰家庭。琳达发现的时候,安妮已经被凤凰家庭团团围住。

对待安妮,凤凰家庭没有像对待它的母亲那样不管三七二十一就攻击,而是在它身上嗅了嗅——莫非它们担心这会不会是它们曾经丢失的孩子?然而等它们判断出安妮与自己绝无血缘关系的时候,立即露出了狰狞的面孔——这些家伙,虽然对自家的孩子柔情似水,对别的孩子却是屠夫。

安妮毫无反应,急切地啃起一个角马蹄。凤凰家庭的一只鬣狗发怒了,一头拱翻它。可怜的安妮一声惨叫,但很快又艰难地爬起来,"唧唧"叫着,四下寻找那个蹄子。又有几只鬣狗发怒了,对着它的脖颈,张开大嘴……

安妮凄惨的叫声,引来了凤凰家庭的四只小鬣狗。它们并不知道这个"同龄人"正在遭受痛苦和危险,围上它,和它玩起来。安妮仿佛一下子忘记了饥饿和疼痛,高兴地融入其中。凤凰家庭那些大张嘴巴的鬣狗们愣住了,不由地闭了嘴,默默地退到一边。

当安妮见到一块骨头并大肆啃食的时候,凤凰家庭的小鬣狗们仿佛突然明白了什么,纷纷找来骨头,送到它的面前……

就这样,凤凰家庭接纳了安妮,并最终接纳了它的母亲琳达。

复仇的母象

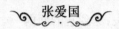

张爱国

这是一年中最热的季节。

中午，草原上的空气令人窒息。

一头母象，带着它才出生没几天的小象，在一个即将干涸的水塘里戏闹。不一会儿，小象腻了，独自上岸，母象则继续留在水塘里。

一群狮子，有六七只，夹着干瘪的肚子，悄悄走向水塘。看到小象，狮子们不由停下脚步，瞪大双眼，贪婪地盯着。足足有两分钟，狮王抬头看了看水塘里的母象，低叫一声，狮子们才舔了舔干涩的嘴唇，依依不舍地走开。这里是大象的领地，能在这里喝上几口水就要谢天谢地了，还岂敢打人家小象的主意？可是那头最瘦的雌狮不愿走，匍匐着，逼向小象。狮王赶紧上前，阻止了它的莽撞。

群狮刚伏下身喝水，母象就发现了，站起来就追。狮子们大骇，爬起来就跑。

母象将狮群追出好几百米后才停下，回到水塘边，见小象正在一片草丛中优哉游哉地玩耍（小家伙根本不知道自己身边刚刚发生的危险），又走下水塘，继续享受泥水的清凉。

不一会儿，母象似乎忽然想起了什么，一激灵，起身看向小象玩耍的地方，小象不在了。母象急忙跑上岸，四下张望，二百米外，小象正被一头狮子扑倒在地。母象"嗷嗷"大叫，疯一般地奔过去。

袭击小象的是刚才那头最瘦的雌狮，它两个月前才产下四个小狮子，可因为好几天没有食物进肚了，小狮子们赖以生存的奶水殆尽。为了孩子，它这才不顾一切地从狮群里溜出来，图谋小象。发现母象追来，雌狮丢下小象，撒腿就跑。

母象来到小象身边，见它身上正流着血，突然暴怒，再次向雌狮追去。狮子的速度本来比大象要快一些，但此时的雌狮已十分虚弱，而母象正处在极度的愤怒之中，因此两者速度颠倒了过来。雌狮眼看就要被追上了，面前出现了一棵树，它不顾一切地向树上爬去。

雌狮刚爬上三四米，干瘦的屁股就挨了象鼻子一下。它顾不上疼痛，没命地向上爬。雌狮刚抱上一根树枝，母象又一鼻子抽来，好在只抽在树枝上。树枝剧烈颤动，雌狮死死地抱着，惊叫着。母象绕着大树，不断地抽打那根树枝。树叶纷飞，树枝也开始"咔咔"作响，雌狮只得又爬上一根更高更粗的树枝。母象又开始抽打粗树枝。

见粗树枝不再震颤得厉害，雌狮的胆子渐渐大起来，两只前爪抓打着树枝，龇牙咧嘴，吼叫着，似乎在向母象示威。母象不理睬，一次比一次更加凶狠地抽打树枝。

树叶都被震落了，灼热的阳光直射在雌狮身上。雌狮受不了了（它本来就饥肠辘辘，十分虚弱），更不敢示威了，而是向着狮群的方向惨烈地吼叫着。它是在请求援军吗？

狮群来了，它们虽然惧怕大象，但还是围着母象，张牙舞爪地大叫着，希望能吓退母象。母象毫无所惧，只专注地抽打着雌狮伏身的树枝，毫不顾及鼻子上已渗出了殷红的血。

当母象又一鼻子甩过去的时候，粗大的树枝"咔嚓"一声，猛然一沉——树枝裂了。母象吸口气，又扬起了鼻子——这一鼻子抽下，树枝非断下来不可。雌狮丢了魂一般，惊叫着，可是，面对如此疯狂复仇的母象，连它所在的狮群都吓得离它而去了，谁还能救得了它呢？

突然，脚下一阵"唧唧"的叫声，母象低头一看：四个小狮子，干瘦而虚弱，飘忽忽地站在自己身边。母象似乎知道它们是雌狮的孩子，后退两步，高高扬起的鼻子也转向了小狮子们——它要抽打这些小狮子！小狮子们呢，仿佛全然不知，更无所畏惧，只向着树上的雌狮，凄惨地叫着。

惊恐的雌狮这才发现自己的孩子并意识到它们正身处险境，想爬下来却又转不了身（狮子本来就不善于爬树），只有对着孩子们声嘶力竭地哀嗥。它一定是在叫孩子们快点离开。可是它的孩子们一个个都十分倔强，毫无走开的意思，站立一排，昂着头，对着母亲，微弱而凄凉地叫着。

树上树下，惨叫声一片。

奇迹发生了：母象高高扬起的鼻子，慢慢软了下来，又轻轻地滑过四个小狮子，接着转过身，走向小象——它竟然放过了雌狮。

——是孩子拯救了母亲，更是母性拯救了母亲。